Elke Repp, 1959 in Düsseldorf geboren,
lebt heute mitten im Grünen,
hat zwei erwachsene Söhne und einen kleinen Enkel.
Schreiben ist ihr großes Hobby und so
entstand dieses Kinderbuch.

Die wundervollen Bilder stammen aus der Feder
der jungen Künstlerin „Jil Estelle".
Die 24 jährige ist seit 2 Jahren als Illustratorin
selbstständig und lebt in Athen.
Zu finden ist sie auf Instragram unter
„estelle.doom" und auf Etsy.

„Frau Rübe...und ihr dunkles Geheimnis"

Der wundersame Garten

An einem kleinen Wald in der Nähe eines Flusses, lebte eine kleine, alte krumme Kräuterfrau. Wegen ihrer Haare, die in der Sonne rötlich schimmerten und dünn hoch oben vom Kopf hochstanden nannten die Leute sie auch Hexe Rübe.

Unten am Wald war ein breiter Fluss. Da sie dort nicht rüberkam und auch nicht schwimmen konnte, blieb sie dort, wo sie gerade war. Sie hatte ein kleines krummes und schiefes Häuschen und hinten an dem Häuschen war ein riesengroßer wilder Garten.

Überall waren große Reisighaufen und viele wilde Brombeersträucher, die Eindringlinge mit ihren Dornen festhielten. Manche Menschen sagten, es wäre eine verzauberte Hexe, denn sie hatte sieben geheimnisvolle Katzen und in ihrem Garten standen drei große weiße Vögel aus Stein gemeißelt.

Diese „alte Kräuterfrau" die etwas seltsam war und in ihrem Garten Kräuter und seltene Pflanzen züchtete war aber wohl keine Hexe. Aber wer weiß das schon genau? Sie kümmerte sich um alle Tiere aus dem Wald und sie sprach mit ihnen. Die Igel lebten in den Reisighaufen, die Hummeln wohnten in den alten Baumlöchern und die Kellerasseln lebten in riesigen Familienstämmen zusammen unter den alten Steinen, die sie im Garten stapelte wie Bauklötze. Die Mäuse machten es sich in einem zerfallenen Schuppen gemütlich und feierten im Sommer, wenn es dunkel wurde richtig große „Mäusepartys!" Die Katzen im Haus wurden immer ganz wild, weil sie nicht an die Mäuse rankamen. Sie durften nur im Haus leben, durften nie die Sonne spüren und den schönen lauwarmen Wind. Manchmal sah man sie auch, wie sie in der Dämmerung draußen auf den Fensterbänken saßen und die frische Luft schnupperten. Die Fensterbänke waren mit Gittern gesichert, so dass die Katzen nicht in den Garten hinunter konnten. So saßen sie dort und schauten sehnsüchtig in die Freiheit, die sie wohl niemals erleben würden.

Frau Rübe hatte es nicht so mit den Menschen, darum vermied sie gerne den Kontakt zu Nachbarn. Nur ganz selten sprach sie einmal ein paar Worte auf dem Markt oder antwortete auf Fragen nur kurz und knapp. Sie ließ ihre Katzen nie in den Garten hinaus, weil sie immer furchtbare Angst hatte, sie könnten ihr weglaufen oder gestohlen werden. Wie man die Leute erzählen hörte, sollten es keine normalen Hauskatzen sein, sondern ganz teure Edelkatzen aus dem fernen Morgenland. Ihre Augen funkelten im Dunkeln wie Diamanten, ihre Zähne waren spitz und ihre Krallen waren scharf wie Säbel.

Eines Tages kam ein alter reicher Mann daher, der eine alte Mühle besaß und in einem entfernten Ort lebte. Der wollte genau neben Frau Rübe ein Grundstück kaufen, weil er ein großes neues Haus für viele Familien bauen wollte. So zog die Tochter des alten Mannes mit ihrem Ehemann und ihrer kleinen Tochter Emma dort ein und auch diese beiden fanden den Garten nebenan etwas unheimlich und waren sichtlich froh, dass Frau Rübe einen hohen Zaun zog. Frau Rübe schaute auch die Menschen oft so grimmig an, dass es einem ganz komisch wurde. Entweder hatte sie so gute Laune, dass sie lauthals kicherte und jauchzte oder sie war zu Tode betrübt und schaute grimmig wie eine alte verschrumpelte Runkelrübe.

Es wurde Sommer und das junge Paar von nebenan bekam ein weiteres Kind, welches sie Theresa nannten.

Frau Rübe betrachtete die ganze Sache sehr mürrig und war nicht gerade davon begeistert. Denn so konnte man wunderbar in ihren Garten schauen und mit der Ruhe war es vorbei. Auch, wollte sie nicht beobachtet werden und sie wollte auf keinen Fall, dass man in ihren Garten sehen konnte.

Aber was sollte dort keiner sehen? Hatte Frau Rübe doch ein Geheimnis? War sie deshalb immer so seltsam und stimmte das, was die anderen über sie sagten?

Auf jeden Fall, hatte sie einen großen Teich mit einem einzigen großen Fisch drin und einem riesigen grünen Frosch der Arthur hieß. Arthur bewachte den Teich und quakte ganz laut, wenn jemand ganz nahe an den Teich kam. Irgendwie war es, als wole er den Teich bewachen. Er hörte sich dann wie eine alte rostige Trompete an. Der dicke Fisch musste dann immer lachen und Frau Rübe kicherte, wie immer, amüsiert vor sich hin.

Da der Teich so groß war, suchten immer wieder große wunderschöne schillernde Libellen hier ihre Sonnenplätze aus. Hier wollten Sie an den Wassergräsern ihre Eier ablegen. Ihre Flügel glitzerten und schillerten magisch in der Sonne. Es gab große grünlich schimmernde und hellblau schimmernde Libellen, es war einfach herrlich dies anzusehen.

Sogar mit den Libellen sprach sie. Dann drehten die Libellen ihre großen Köpfe fast komplett um ihren Körper. Sie verfolgten jeden Schritt von Frau Rübe wie diese beweglichen Überwachungskameras. Blieb sie stehen, blieben auch die Köpfe der Libellen stehen. Ging sie weiter drehten sich die Köpfe mit den Facettenaugen wieder in ihre Richtung. Sie sagte leise zu Ihnen: „Ordinata, Urlibella, Libellula…kleine Jungfer…bleib sitzen am Ufer!" und die Libellen blieben ruhig sitzen und fühlten sich willkommen.

Frau Rübe schlich in der Dämmerung immer bis an die große Mauer um hinüber zu schauen, was die anderen Menschen da so machen. Sie konnte aber nichts dran ändern, denn der alte Mann durfte dort bauen und dann ging auch alles ganz schnell. Es wurde ein riesengroßes Haus gebaut, von der ersten und zweiten Etage aus, konnte man wunderbar den ganzen Garten von Frau Rübe betrachten und sie konnte nichts dagegen machen. Nach und nach stellte sie große Holzwände auf, damit man nicht gänzlich alles sehen konnte und kein Mensch, besonders die Kinder nicht, in den Garten klettern konnten um an den Teich heranzukommen. Menschen waren ihr nicht geheuer, sie traute ihnen nicht und so blieb sie lieber für sich alleine. Ab und zu sah man sie mit einem ganz großen Strohhut mit Blumen drauf und einem Stock durch den Garten gehen. Mal wuselte sie dort, mal wuselte sie da herum. Sie sprach auch mit allen Pflanzen in lateinischer Sprache, obwohl sie niemals studiert hatte. Den Pflanzen war das egal, sie gediehen prachtvoll und wucherten vor sich hin. Die Sträucher wuchsen fast schon über sie hinüber. So ließ sie alles zuwachsen und füllte alles mit Reisig und Ästen auf, so dass man nicht mehr erkennen konnte, ob da unten ein Garten war oder ein riesengroßer Reisighaufen.

Im Frühjahr blitzen aber dann ganz rote und rosafarbene Blüten aus dem Garten hervor. Auch stand ein großer weißer Strauch mit sternförmigen Blüten in der Mitte. Es war ein besonderer Garten, der jeden verzauberte der hineinsah. Geheimnisvoll unaufgeräumt, zugewuchert und deswegen ein Paradies für alle menschenscheuen Tiere.

So kam auch die schöne „grau-braune" Ringelnatter dort vorbei und legte im dichten Geäst ihr Gelege, das heißt, ihre Eier dort ab. Ringelnattern lieben die Nähe zum Wasser und deswegen war der Garten von Frau Rübe ideal um im Frühjahr ihre Babies auf die Welt zu bringen. Ringelnattern sind hervorragende Schwimmer und tauchen sehr gerne, sie sind harmlos und nicht giftig, man erkennt sie gut an den „hellgelben Flecken" im Nacken, die wie ein Halbmond aussehen. Kommt man ihnen aber zu nahe, oder ärgert sie, so verteidigen sie sich mit ihren Stinkdrüsen. Sie zischt dabei sehr laut, alleine dieses Zischen hört sich schon gefährlich an und deshalb sollte man sie auch in Ruhe lassen.

Frau Rübe hörte man aber auch mit der Natter sprechen und zwar sagte sie immer diesen Spruch, wenn sie eine am Teich entdeckte: *„Natrix, Natrix, Ringelpitz, tauch schnell unter wie ein Blitz!"*

Mistkäfer und Nacktschnecken

Gegenüber von Frau Rübe wohnte ein altes Pärchen. Die beiden lebten schon immer hier oben am Waldesrand. Es waren irgendwie keine Menschen, sondern eher eine Art Käfer. Er, sah aus, wie ein alter brauner Mistkäfer und seine rundliche Gattin Olga, wie eine alte Käferdame, die man selten sah. So fand es auf jeden Fall Frau Elfengras, die gleich neben der alten Frau Rübe ihr Häuschen hatte und eine blühende Fantasie hatte und so immer wieder lustige Geschichten erfand.

So rollte der alte Mistkäfermann jeden Tag seine große Mistkugel durch das kleine Dorf und er erzählte jedem von jedem. Der Mistkäfer schien sehr neugierig und redselig. Er versuchte auch heimlich in die Gärten der anderen Nachbarn zu kommen um sie zu belauschen, damit er wieder etwas Neues erzählen konnte. Wenn er nichts zum Erzählen hatte, erfand er einfach dumme Geschichten. Die schlauen Leute erkannten das und wendeten sich ab, machten alle Zäune höher und verschlossen Tür und Tor. Die Dummen aber, wurden seine Freunde. Seine Mistkäferfrau rollte derweil eine ruhige Kugel und trank jeden Tag leckeren Läusesaft, damit sie gut bei Leibe blieb und nicht dünner wurde. Denn wenn sie dünner wurde, konnte sie den ganzen Mist nicht wegrollen, den ihr Mistkäfermann täglich fabrizierte. Am besten gefiel es ihr, wenn sie die Nacktschnecke Liliane besuchen kam. Die hatte kein eigenes Haus und war nun ständig der heißen Mittagssonne ausgesetzt. Das ist für Nacktschnecken überhaupt nicht gut, denn so werden sie ganz klein und schrumpelig und trocknen aus. Aber sie fand nach langem hin- und herkriechen endlich ein altes Schneckenhaus mit vielen Löchern. Da kroch sie rein und wohnt jetzt dort bis die Sonne sie irgendwann weggeschrumpelt hat.

Der alte Mistkäfer derweil versuchte, aus lauter Neugier, schon bei der alten Kräuterfrau über den Zaun zu klettern. Leider war er etwas zurückgeblieben, weil er als Käferkind nicht richtig essen wollte, so war sein Gehirn etwas verkümmert.

Und deshalb versuchte er es nach einiger Zeit immer wieder in andere Gärten oder Häuser zu gelangen. Dabei baute er um sein Haus eine ganz hohe Mauer aus dem angeschleppten Mist, damit ihn selbst keiner sehen konnte und sperrte sich somit selbst ein. Das gefiel den anderen Leuten, dass sie ihn nicht so oft sehen mussten, denn er war nicht bei allen beliebt.

Am Waldrand standen noch zwei weitere kleine Häuser, in eines davon zog ebenfalls nach einiger Zeit ein alter Herr mit einem ganz spitzen Hut ein. Er hatte einen ganz langen, grau-silbrig schimmernden Bart. Seine Beine waren so dünn wie Mikadostäbe und er hatte ein kugelrundes Bäuchlein. Der spitze Hut war auch ganz furchtbar lang und hatte bis zur Spitze nach oben sehr viele Knicke, als wüsste das Hutende nicht, wohin es will. Mal knickte es nach rechts ab und mal nach links, dann wieder nach rechts und immer so weiter. Am Ende der Spitze war ein dunkelblauer Bömmel. Dieser spitze Hut schien einen geradezu zu beobachten. Sah der alte Herr jemanden auf der Straße, dann grüßte er und hob den Hut kurz an. Früher hat man die Leute noch ordentlich gegrüßt. Trug man einen Hut als Mann, so grüßte man andere Leute in dem man den Hut kurz anhob und mit dem Kopf nickte. Das war höflich und freundlich. Heute ist das nicht mehr so, denn erstens tragen weniger Leute richtige Hüte, eher Mützen und das mit dem Grüßen hat sich auch geändert. Wenn man sich heute grüßen will, reicht ein freundliches „Hallo" oder „Guten Tag". Manche jungen Leute sagen gar nichts mehr, die nicken vielleicht noch kurz. Es gilt heute immer noch, die Jungen grüßen die Alten zuerst. Aber es schadet ja auch nicht, wenn man freundlich grüßt. Wer freut sich nicht am Morgen über ein freundliches „Guten Morgen"? Das fand auch der Herr ...ja wie hieß denn nun der Herr mit dem spitzen Hut? Frau Elfengras nannte ihn „Herr Bimsalasim mit dem Zauberhut". Der liebte es auch gegrüßt zu werden und dann geschah immer etwas Seltsames. Er fasste sich mit der einen Hand an den Hut, so als wolle er ihn abziehen, dann nickte er freundlich und machte mit einem Bein einen halben Kreis auf dem Boden.

Keiner weiß woher das kam und noch seltsamer war es, der Hut hatte Augen. Immer wenn Herr Bimsalasim den Hut berührte schauten einen die Augen ganz durchdringend, aber freundlich an. Setzte er den Hut wieder auf und ließ ihn los, waren auch die Augen zu, sie verschwanden in so einer Zickzackfalte. Dazu ertönte der blaue Bommel am Zipfelende und machte ein deutliches „Bömmelgeläut" Das hörte sich eigenartig an und war sehr lustig. Frau Elfengras fand das so toll und so grüßte sie ihn so oft sie ihn sah und kicherte dann sogar mit der Kräuterfrau darüber. Herr Bimsalasim hat das gar nicht gemerkt und freute sich immer wieder darüber, er mochte Frau Elfengras besonders gerne. Sie duftete immer so gut nach Lavendel und die ganze Straße roch nach ihr, wenn sie ins Dorf zum einkaufen ging.

Als nun Theresa sechs Jahre alt wurde, konnte sie sehr gut oben von der großen Terrasse hinunter schauen in die Gärten und auf die Straße. Sie hatte über ihre Eltern von den alten Geschichten von den „Mistkäfern und Nacktschnecken, vom Herrn „Bimsalasim und seinem Zauberhut", von „Frau Elfengras und der Kräuterhexe Rübe" gehört und fand sie lustig. Leider kannte sie weder Frau Elfengras noch den Herrn Bimsalasim persönlich. Sie waren ihr noch nicht begegnet und sie wusste auch nicht genau wo sie wohnten. Immer wenn sie so da saß und in den Garten schaute, fielen ihr diese Geschichten und Bilder ein. So machte es ihr sichtlich Spaß, das alte Ehepaar, welches gerade vom Einkaufen kam, zu beobachten. Jetzt sah sie tatsächlich einen alten Mistkäfer samt Mistkäferfrau, wie sie ihren Mist die Straße hochrollten.

Theresa gefiel dieses Spiel, sie hatte ausreichend Fantasie und sie fand es toll, dies alles auch so zu beobachten und von ihrem Fenster aus Frau Rübe bei der Gartenarbeit zuzuschauen. Wenn sie laut lachte oder kicherte, dann hatte sie etwas Lustiges in ihrem Garten gefunden oder sprach in irgendeiner fremden Sprache mit den Katzen im Haus. Oder sie murmelte und brummte vor sich hin. Manchmal aber telefonierte sie, wenn es draußen sehr heiß war oder sehr doll regnete, mit anderen Kräuterfrauen aus anderen Gegenden. Da ihre Fenster alle vergittert waren, hatte sie die Fenster dahinter weit geöffnet und man konnte sie sehr gut hören, aber leider nicht alles verstehen, denn sie sprach immer anders oder kicherte und juchzte laut.

Mal telefonierte sie mit Frau Hirtentäschel, mal mit Frau Sauerklee oder auch mit der hübschen Frau Ackerwinde. Das wurde dann immer laut und lustig, so dass man automatisch mitlachen musste, wenn man sie hörte. Sie telefonierte sogar ab und zu mit Frau Elfengras und beide lachten viel über dies und das. Es waren aber nur einige wenige Leute, mit denen sie sprach. Mit wem sie gerade telefonierte, erkannte man daran, dass sie mehrmals laut deren Namen kicherte und wiederholte. Das hörte sich dann so etwa an: „Ach, Frau Elfengras, was ist das lustig…was hat er gemacht? Ach je…liebe Frau Elfengras…wie köstlich…hihihih!" Besonders lustig wurde es aber, wenn das auch der Frosch Arthur mitbekam, sich gestört fühlte und mit seiner trompetenartigen Stimme dazwischen trötete.

Ganz selten telefonierte Frau Rübe mit ihrem Freund dem Wurzelmann „Herr Petersilienwurz" aus dem Schwarzwald. Leider konnte man dann kein Wort verstehen. Sie sprachen auf waldanisch oder „wurzelanisch". Aber gekichert und gelacht wurde da auch, das versteht man in jeder Sprache auf der Welt. Das ist so wie freundlich winken, dass versteht man auch auf Polnisch oder Afrikanisch, das sagte einmal Frau Elfengras.

Theresa war ein kleines 6 jähriges Mädchen mit schönen roten Locken, sehr heller haut und Sommersprossen. Sie war ein ruhiges und liebes Kind. Am liebsten trug sie eine Jeans und ein rosafarbenes T-Shirt mit Blüten und Glitzersteinen. Sie hatte oft ihre alten grauen Turnschuhe an, wo sie an der Seite mit einem schwarzen Filzstift Mäuse drauf gemalt hatte. Sie hatte große blaue Augen und ein breites Grinsen. Sie war nie unfreundlich und hatte immer gute Laune und sie hatte immer gute Ideen. Ihre Eltern waren stolz, weil sie so lieb und freundlich war. So wuchs die kleine Theresa heran und staunte immer wieder über den großen geheimnisvollen Garten der mittlerweile so zugewachsen war, dass man keine Wege mehr darin erkennen konnte. Von ihrem Zimmer aus, durch das zweiteilige Holzfenster, konnte sie den Garten von Frau Rübe wunderschön überblicken. Abends nach dem Abendessen, wenn sie in ihrem Zimmer die Gardinen schloss, sah sie viele Augenpaare unten an den Fenstern von Frau Rübe, die in die Nacht hinaus leuchteten. Das war sehr geheimnisvoll und erinnerte an kleine funkelnde Laternen. Wenn Theresa dann in ihr kuscheliges Bettchen ging, dachte sie noch lange über den Garten von Frau Rübe nach und über das Geheimnis, welches wohl darin verborgen lag.

Die erste Begegnung

Theresa schlief schnell ein und träumte von einem Prinzen aus einem fernen Land. Der Prinz in dem Traum war ungefähr so alt wie sie selbst und immer weinte er in dem Traum. Er stand vor den Stufen eines riesengroßen weißen Palastes, der in der glühenden Sonne strahlte. Er weinte und erzählte seine Geschichte, die so unfassbar war, dass Theresa am nächsten Morgen nicht genau wusste, ob sie nun geträumt hatte oder nicht. Es fühlte sich so echt an und es war äußerst spannend, wenn der Prinz berichtete. Er sagte, er wäre Prinz Kianoush der Erste von Qamsar und er wäre nun ganz alleine mit seinen Eltern. Sein Vater war der Sultan Onuris der Zweite von Qamsar und seine Mutter Zahra, die Hauptfrau des Sultans. Er hätte sieben Schwestern gehabt, alle älter als er. Als er geboren wurde, waren noch alle sieben Schwestern im Palast. Nach und nach verschwanden sie und er wurde immer trauriger. Weder der Sultan noch die Wachen konnten sich erklären, wie die Mädchen verschwunden sind. Der ganze Hofstaat trauerte und keines der Mädchen wurde jemals wieder gesehen noch gab es eine Spur von ihnen. Der junge Kianoush war so sehr traurig, er weinte jeden Tag und er konnte nicht mehr lachen, aber er erzählte jedem Reisenden den er traf von seinem traurigen Schicksal so dass es in die Welt hinaus getragen wurde über alle Palastmauern hinweg. Er wünschte sich nichts sehnlicher, als sie gesund und fröhlich wieder in seine Arme schließen zu können. Seine Eltern, der Sultan und seine Frau trauerten leise vor sich hin und ließen den jungen Kianoush nicht aus den Augen und so wurde er rund um die Uhr bewacht. Man sagte auch, dass diese verschwundenen Schwestern wunderschön waren, eine schöner noch als die andere. Sie hatten lange dunkle, glänzende Haare bis zu den Waden und ihre Augen funkelten wie Diamanten. Jedes Kind bekam zur Geburt vom Sultan Onuris einen besonderen Diamanten geschenkt, den es von nun an tragen musste. Jeder Diamant funkelte in einer anderen Farbe und stellte den Geburtsmonat dar. Im Palast brannten jede Nacht sieben farbige, große Kerzen in wunderschönen verzierten Lampen, um den Mädchen den Weg nach Hause zu leuchten. Aber keines kam bisher zurück. Die Mutter hatte eine große Schale duftendes Rosenwasser hinzu gestellt, denn das liebten ihre Mädchen über alles. Der ganze Palast duftete danach, wenn sie durch die Gänge liefen und sich damit besprühten.

Am nächsten Morgen, schüttelte Theresa sich, als wolle sie den Traum abschütteln, aber sie konnte den hübschen traurigen Prinzen nicht so einfach vergessen und so erschien er ihr fast jede Nacht und erzählte seine traurige Geschichte, so als wolle er sie darum bitten, ihm zu helfen. Da Theresa gerade in die Schule gekommen war, hatte sie allerhand am Tag zu tun. Wenn sie aber mit den Hausaufgaben fertig war, ging sie mit ihrer älteren Schwester Emma spielen oder sie trafen ihre Freunde aus der Schule. Sie überlegte lange, ob sie Emma von ihrem Traum erzählen solle, aber sie hatte auch Angst sie würde sie wieder auslachen, also behielt sie es lieber für sich. Emma war halt älter und würde bestimmt denken, dass sie sich das ausgedacht hätte. An den Tagen, wo Emma nicht mit ihr spielen konnte langweilte sich Theresa nicht, denn sie überlegte wie sie dem Prinzen aus dem Traum helfen könnte. Also schaute sie lange in den Garten von Frau Rübe, in das aufgehäufte Durcheinander, auf die vielen Büsche, auf den Teich, der in der Sonne wunderschön funkelte und glitzerte und vergaß für einen Moment ihren Traum.

Da war sie wieder, Frau Rübe, sie machte unten am Haus ein kleines niedriges Törchen auf und kam so gebuckelt heraus. Am Arm hatte sie in kleines Körbchen hängen und sie trug eine karierte Schürze mit großen Taschen. Die Taschen waren so groß, dass sie die ganze Schürze verdeckten und oben am Schürzenband baumelte eine hell rosa Rosenblüte. Sie sah wie ein Rüschenrock aus und hatte die Farbe der Wangen von Frau Rübe. Die Augen hatte sie fest zugekniffen und blinzelte. Ihre kleinen schwarzen Knopfaugen sahen in den Garten hinein. Ihre krummen Beinchen kamen wie zwei Säbel unten aus der Schürze heraus und man konnte sehen, dass sie heute rotgeringelte Socken trug zu ihren braunen Lederstiefeletten.

Theresa kicherte lustig hinter der Gardine und schaute dann wieder um zu sehen, was Frau Rübe heute vorhatte. Es war nur zu lustig mit anzusehen, wie Frau Rübe durch den Garten wieselte. Ihre kleinen krummen Beinchen waren flink und manchmal sah man sie hinter den Büschen und Sträuchern gar nicht. Theresa lachte laut auf, wenn die rötlich hochgestellten Haare wieder oben an einem Busch herausschauten. Es war nur zu komisch, denn heute hatte Frau Rübe eine große lila Schleife um die Strähnen gebunden, die steif wie Zuckerwatte nach oben in den Himmel standen. Wie bei den kleinen Trollen tollte Frau Rübe durch den Garten und kicherte wieder laut vor sich hin.

Oma ist da um auf sie aufzupassen, wie jeden Tag nach der Schule. Mittag hatten sie auch schon gegessen, es gab „Gesichter-Omelette mit Spinat!" Oma macht sich einen Spaß daraus, aus dem Essen Gesichter zu formen oder Tiere oder sonst was, damit Theresa sich freut. Das Spinat- Omelette wird so rund wie es ist, aus der Pfanne gehebelt und mit dem Spinat macht Oma Augen, Nase und Mund sowie Haare dran. Theresa hatte ihre Hausaufgaben bereits fertig. Heute musste sie eine Aufgabe mit vier Päckchen „Kirschen zusammen rechnen" und das machte ihr Spaß. „Zwei Kirschen und zwei Kirschen sind vier Kirschen!" Sagte sie laut und sprang durch ihr Zimmer vor Freude das endlich erledigt zu haben. Aber es wird mehr werden und das wusste sie. Theresa hatte keine Angst vor der Schule, denn sie merkte schnell, dass alles jeden Tag nur immer etwas voran geht und es kommt nicht alles auf einmal auf sie zu. Das hatte sie bevor die Schule losging befürchtet und da schlich sich schon etwas Besorgnis ein. Aber das ist nicht so, merkte sie recht schnell. Schule ist echt klasse und vor allem die netten Kinder. Sicher hatte sie auch ein paar Kinder die nicht immer nett waren, aber die gibt es überall. Papa und Mama hatten ihr von den Kollegen erzählt, die auch nicht alle immer so nett sind. Das gibt es auf der ganzen Welt – immer mal wieder Menschen die netter sind als die anderen. Von den anderen hält man sich dann eben fern, die braucht man nicht wirklich.

Die Lehrerin war auch nett, manchmal etwas strenger, aber auch das war in Ordnung.

An diesem Tag musste Theresa noch zum Turnen. Das machte ihr sehr viel Spaß. „Heute will ich mal den „Frosch" an den Ringen versuchen sagt sie, ich hänge mich erst verkehrt rum wie ein kleiner Affe, also mit Händen und Füßen an die Ringe und drücke dann den Bauch nach unten durch." Sie holte ihre kleine Sporttasche aus dem Schrank, die Mama ihr gepackt hatte und hüpfte in großen Sprüngen wie ein Känguru zur Kinderzimmertür. Als sie die Tür öffnet, steht Oma in der Küche: „Oh je, da kommt ja unser kleiner Skippy", sagt sie lachend. Oma hat sie nicht gehört und Theresa erklärt ihr das mit dem „Frosch" an den Ringen noch einmal. Oma lacht, sie versteht nicht, was Theresa mit einem Frosch in der Turnhalle will? Sie bringt ihre Enkelin zum Turnen und Theresa will ihr von ihrem Traum erzählen. Sie sitzt hinten im Auto und macht gerade den Mund auf, als Oma ganz doll Bremsen muss. Theresa fällt die Klappe gleich wieder zu, so hat sie sich erschrocken. Oma schimpft und sagt: „Was für ein Hornochse läuft denn da über die Straße ohne nach rechts und links zu gucken!" Theresa schaut auf die Fahrbahn und sieht den „Käfermann" wie er schnell zur Seite springt und stolpert und mit dem Kopf in einer Hecke stecken bleibt!" Oma und Theresa lachen so sehr darüber, dass bald die Fensterscheiben beschlagen und Oma die Lüftung anmachen muss. Nun erklärt sie Theresa wieder alle Verkehrsregeln und wie man sich als Fußgänger und Schulkind im Straßenverkehr zu benehmen hat. Theresa guckt aus dem Fenster, klopft mit ihrem kleinen Finger auf ihre Tasche und denkt: „Jetzt geht das schon wieder los und ich weiß es doch schon alles!" Sie ist jetzt etwas knurrig, denn sie hätte zu gerne Oma etwas vom Traum erzählt. Sie war sich so sicher, dass Oma sie nicht auslachen und ihr zuhören würde. Also, jetzt hatte sie auch keine Lust mehr und versucht es am nächsten Tag vielleicht nochmal.

Das Klagelied der Katzen

Drüben hinter den geschlossenen Gardinen im Haus von Frau Rübe wackelte die Gardine etwas und Theresa starrte wieder die ganze Zeit dort hin. Plötzlich sah sie eine der wunderschönen Katzen, wie sie versuchte vor die Gardine an das Fenster zu gelangen um wenigstens etwas Sonne zu bekommen. Sie streckte sich an das Fenster hoch und setzte sich dann genüsslich in die Sonne und leckte ihre Pfoten. Das tat sie mit solch einer Anmut und ihre Bewegungen waren so fein, sie hatte die Augen dabei geschlossen und man konnte deutlich ihre langen seidigen Wimpern erkennen. Auch ihr Fell glänzte wie die teuerste Seide in der Sonne.

Dann plötzlich kam eine große Hand durch die Gardine und packte die Katze oben grob an den Hals, zog sie wieder hinein in die das dunkle Zimmer. Theresa erschrak und ihr tat die Katze unheimlich leid. Sie erzählte es gleich ihren Eltern und sie beschlossen, dass man ab jetzt etwas mehr darauf achten würde, was drüben bei Frau Rübe passiert. Frau Rübe war nicht nur eine alte bucklige Kräuterfrau die immer nur kicherte, nein, sie hatte auch eine andere dunkle Seite. Theresa war sehr beruhigt, dass sie immer mit ihren Eltern über alles reden konnte und dass sie ihre Sorgen und Ängste ernst nahmen. Auch Emma fand das nicht gut und beschloss ab jetzt auch ein Auge auf die Fenster und den Garten zu halten.

Einige Tage später, schauten Emma und Theresa noch lange, bevor sie schlafen gingen auf die Fenster vom Nachbarhaus. Ein Augenpaar nach dem anderen trat in der Dunkelheit auf das schmale Fensterbrett hinter dem hohen Gitter. Emma kicherte vergnügt, nahm sich ein schönes Buch und legte sich ins Bett. Theresa aber schaute weiter und bemerkte, dass immer zwei Augenpaare eine besondere Farbe hatten. So sah man neben leuchtendem Meeresgrün, wundervollem Lila, auch türkisfarbene Strahlen in den dunklen Garten hinein leuchten. Jetzt saßen plötzlich alle sieben Katzen auf dem schmalen Brett, eine war schöner als die andere.

Sie jammerten leise vor sich hin. Es hörte sich an wie ein altes Klagelied, aber auch irgendwie schön und traurig zugleich.

Theresa fielen vom Hinausgucken schon fast die Augen zu, ihr taten die armen Katzen leid und so beschloss sie am nächsten Tag mit Ihren Beobachtungen weiter zu machen.

Kaum lag sie in ihrem Bett, fiel sie in einen tiefen Schlaf. Es dauerte nicht lange, da erschien ihr wieder der hübsche Prinz. Es war dieses Mal so, als würde er schon auf sie warten. Im Traum fuhr sie, wie durch ein Wolkenmeer, mit einem wundervollen Zug, der über und über mit Blumen und Girlanden geschmückt war in Richtung des Palastes. Er lief ihr aufgeregt und freudig entgegen. Hinter ihm vier Wachleute, die Mühe hatten ihm so schnell zu folgen, denn er war flink wie ein Wiesel. Theresa war so, als würde er zum ersten Mal etwas lächeln. Der Zug schnaubte laut und tosend und kam langsam im heißen Wüstensand zum Stehen. Der Prinz stürmte zur Tür und öffnete sie mit einer tiefen Verbeugung, wobei ihm sein großer weißer Turban fast vom Kopf fiel. Dann reichte er Theresa seine Hand, damit sie besser aussteigen konnte, denn die Stufen des Zuges waren sehr hoch. Sie fühlte sich auch wie eine Prinzessin aus einem fernen Land. Sie schaute an sich herunter, auch sie trug ein wundervolles Kleid, über und über mit Glitzerstaub und es funkelte in allen Farben. Sie trug einen langen Schleier und kam sich ein bisschen wie eine Prinzessin aus 1001 Nacht vor. Der Prinz sah sie lange an, er war froh sie zu sehen. Und so gingen beide und hinter ihnen die Wachen in Richtung Palast, wo sie von seinen Eltern empfangen wurden.

Der Palast der Träume

Sie gingen in den Palast hinein. Theresas Augen wurden immer größer. So weit war sie noch nie im Traum gekommen, bis in den Palast hinein. Eine riesige glitzernde Halle, die Säulen aus purem Gold, Vorhänge aus feinster Seide in den schillerndsten Farben, vier riesengroße goldene Steinfiguren säumten den Treppenaufgang. Theresa dreht sich um all das zu erfassen, was sie da sah. Der Prinz lächelte erstaunt, für ihn war das alles normal, er sah das jeden Tag, aber Theresa? Seine Eltern riefen, sie sollten in das obere Stockwerk kommen. Hinauf ging es, an den großen Katzenskulpturen vorbei über eine glitzernde Treppe. In den Treppenstufen waren Glitzersteine gearbeitet, die bei jedem Schritt und Tritt funkelten wie tausende von Diamanten. Theresa bekam kein Wort mehr heraus und hatte den Mund geöffnet vor Staunen. Man hätte meinen können, die Augen der Steinfiguren würden einen verfolgen, so sah Theresa immer zu ihnen hin und wäre fast gestolpert.

Oben angekommen ging es in einen großen hellen Saal in dem ein riesiger langer Tisch stand. Auf dem Tisch standen zwei große schillernde Lampen in denen eine goldene Schale stand in der ein Feuer loderte. Durch das funkelnde Kristallglas, welches in unheimlich vielen Farben angelegt war, erstrahlten in dem Raum an den Wänden wunderschöne Bilder. Als hätte ein Maler sie gemalt und die Bilder veränderten sich mit den lodernden und aufflackernden Flammen in der Lampe.

Prinz Kianoush zog einen großen holzgeschnitzten Sessel vom Tisch weg, damit Theresa sich setzen konnte. Der Sessel war so hoch, dass sie kaum hochkam, aber auch da half ihr der Prinz und sie nahm Platz. Vor ihr auf dem Tisch stand ein silbernes Teegeschirr und man stellte ihr eine Tasse wohlriechenden Tee vor die Nase. Es roch so heimelig nach Pfefferminztee und sie fühlte sich wohl, obwohl sie so weit von zu Hause weg war. Sie nippte einen kleinen Schluck und es schmeckte auch nach Honig, fast so wie zu Hause, wenn es kalt draußen war.

Der Sultan Onuris klatschte drei Mal in die Hände und es ging eine große Tür zum Nebenraum auf. In der Tür stand ein Mädchen in einem sehr langen glänzenden Wickelkleid. Sie hatte den Kopf geneigt, trug einen Mittelscheitel und einen langen Schleier. Rechts im Haar hatte sie eine große rote Blüte gesteckt. Sie verneigte sich, bis sie zum Platz kam, auch ihr wurde der Sessel so hingeschoben, damit sie darauf Platz nehmen konnte, sie war etwas größer als Theresa und kam gut an den Tisch ran. Jetzt hob sie etwas den Kopf, tat den glitzernden Schleier etwas zu Seite und schaute Theresa an.

„Nein, rief Theresa…sag das das nicht wahr ist?! Wie kommst du hierher?" Emma hatte den gleichen Traum wie sie und war ja auch früher eingeschlafen. Im Traum war ihr ebenfalls der Prinz erschienen und hatte sie in den Palast zu seinen Eltern eingeladen. Er hatte ihr auch von Theresa und seinen Schwestern erzählt. Emma musste lachen, weil Theresa so ein erstauntes Gesicht machte. Und auch Theresa musste jetzt ein wenig lachen, auch wenn sie sauer war. Prinz Kianoush lächelte ebenfalls froh, dass er jetzt Verstärkung hatte und wieder zwei neue Schwestern in seinem großen Palast, die ihn ab und zu besuchen kamen und vielleicht konnten sie ja helfen seine verschwundenen Schwestern wieder zu finden?

Der Wecker klingelte, es war 7.00 Uhr früh. „Theresa, Emma, aufstehen, ihr Murmeltiere" rief die Mutter. Es war früher morgen und die Schule begann wieder. Emma saß im Bett und rieb sich die Augen, aber lächelte dabei fröhlich. Theresa räkelte sich noch hin und her, aber schaute dabei immer auf Emma. Emma sah hinüber zu ihr und sagte: „Du, Theresa, heute Nacht hatte ich einen komischen Traum. Wir beide waren in einem wunderschönen Palast bei einem jungen Prinzen, der seine Schwestern sucht. Der Prinz war so süß, kicherte Emma belustigt."

Theresa sagte fast traurig: „Ich weiß, ich war ja auch da!" Emma glotze zu ihr rüber und sagte: „Ja nee klar, Du warst auch da!" „Du bist ja immer da wo auch ich gerade bin oder war!" Typisch kleine Schwester!" Schüttelte den Kopf und ging ins Badezimmer. Theresa wusste, dass Emma ihr nicht glauben würde, dass sie diesen Traum schon drei Mal gehabt hat und den Prinzen viel früher kannte als sie. Aber für Emma, war es nur irgendein Traum, den sie gleich in der Schule schon wieder vergessen hatte. Für Theresa war es aber mehr als ein Traum. Sie hatte einen Auftrag und sie wollte dem Prinzen Kianoush unbedingt helfen und sie wollte ihn wiedersehen. Irgendein Gefühl sagte ihr, dass die Lösung genau vor ihrer Nase lag und sie nur noch genauer hinschauen müsste und es zu sehen! So machte sie sich nun auch schulfertig, sie aßen gemeinsam ihr Frühstück, aber erzählten nichts den Eltern sondern steckten müde die Marmeladenbrote in sich hinein. Dann nahmen sie ihre Schultaschen und gingen runter an die Straße zum Schulbus.

Es war Mittag als Theresa endlich wieder zu Hause ankam. Emma hatte länger Schule, sie musste noch zwei Stunden zum Sportunterricht. So machte sich Theresa gleich an ihre Hausaufgaben, damit sie am Nachmittag in Ruhe ihre Nachforschungen machen konnte und sie nicht immer an die Hausaufgaben denken musste. Bis Emma kam und es Mittagessen gab, war noch etwas hin und so hatte sie recht schnell alles Wichtige erledigt. Sie setzte sich ans Fenster um die Lage auszuspähen. Das Wetter war sehr sonnig, die Pumpe im Teich plätscherte vor sich hin, Schmetterlinge flogen durch die Gärten und setzten sich auf alle bunten und wohlriechenden Blumen um Nektar zu sammeln. Die Bienen summten ebenfalls im Garten herum und gegenüber am Haus von Frau Rübe waren wieder alle Jalousien runtergefahren. Dies blieb oft bis zum Nachmittag oder wenn die Sonne nicht mehr schien und ab und zu kam eine Katze nach der anderen um frische Luft zu schnuppern, oder doch noch einen letzten Sonnenstrahl zu sehen.

Frau Elfengras und Katze Minze

An diesem Nachmittag war Frau Rübe wohl mit ihrem klapprigen Gemüsewagen zum Markt gefahren um dort wieder ihre Kräuter zu verkaufen und sie hatte wohl vergessen die hintere Jalousie ganz zu verschließen, denn diese stand halb offen, so dass man die Katzen ab und zu sehen konnte. Theresa musste unbedingt wissen, wie es den Katzen geht und wollte zu ihnen. Leider hatte sie strengstens verboten bekommen über den Zaun zu klettern. Sie ging also etwas raus vorne auf die Straße und schlenderte an den Zäunen und Hecken der Häuser am Waldesrand vorbei. Dabei kam sie auch an einer Hecke vorbei, die drei große Kugeln hatte. Auf den Kugeln waren drei goldene Kronen gesteckt. Das Haus hinter der Hecke war weiß und es sah hübsch und ordentlich aus. Theresa fragte sich, wer denn dort wohnen mag? Sie hatte nie jemanden dort gesehen. Aber da fiel ihr ein, dass dort eine Frau mit langen blonden Haaren wohnte, die ihr zu Halloween schon einmal Süßigkeiten gab, oder sie brachte Marmelade vorbei oder Plätzchen, als sie noch ganz klein war.

Sie konnte sich kaum daran erinnern, aber jetzt fiel es ihr wieder ein. Die Frau war doch ganz nett, dachte sie, ob ich da einfach mal schelle und frage, wie es ihr geht? Sie überlegte weiter, dass sie evtl. vom Garten der Frau aus zu den Katzen gelangen konnte und ging auf die Haustüre zu.

Plötzlich hörte sie eine zarte Stimme: „Hallo junge Dame, wer bist denn du?" Theresa schaute sich erschrocken um, aber konnte niemanden sehen. Da ertönte es wieder: „Hallooo…sag mal wie du heißt!" Theresa konnte niemanden sehen, aber plötzlich sah sie hinter dem Zaun am Haus zwei funkelnde Augen in Kniehöhe. Theresa ging vorsichtig auf den Zaun zu, bückte sich und sah hinter dem Zaun eine alte rot getigerte Katze, die dort wohl aufpasste, wer da zu Besuch kam oder wer sich dem Haus näherte. Sie maunzte jetzt freundlich und ging hin und her am Zaun entlang, sah aber immer wieder Theresa genau an. „Theresa heiße ich und wohne ein paar Häuser weiter" sagte Theresa leise, fast flüsternd, damit sie keiner hörte, wie sie mit dem Zaun sprach. Sie frage auch die Katze flüsternd: „Wie heißt du denn?" Die Katze dahinter schnurrte wohlig und sagte dann: „Theresa, mhh, ja ich kenn dich doch schon, Du warst schon mal hier!" Wenn du nur einen kleinen Moment wartest hole ich Frau Elfengras zur Tür, sie ist hinten am Wald in den Himbeerfeldern. Ach, und meine Name ist „Minze"!"

Theresa setzte sich auf die kleine hübsche weiße Holzbank vor der Gartentüre und wartete brav. „So so, dachte sie, hier wohnt also Frau Elfengras, von der ich schon so viel gehört habe". Plötzlich vernahm sie leise Schritte. Die Gartentür ging auf und da stand sie, ihre goldenen Haare waren sehr lang und glänzten wunderschön in der Sonne. Sie hatte einen Blütenkranz im Haar aus rosafarbenen Pfingstrosen. Sie hatte irgendwie lilafarbene Augen und trug den passenden Lippenstift dazu. Ihre Fingernägel waren lang und schwarz und sie hatte eine Libelle auf der Schulter sitzen, die lustig mit den Augen rollte. Theresa hatte den Mund offen, weil sie so staunte. Frau Elfengras lächelte sie gutmütig an und fragte: „Hallo Theresa, wie schön, dass du wieder mal zu mir kommst. Ich habe dich ja lange nicht mehr gesehen, damals warst du ja noch ein Baby" sie lächelte dabei fröhlich. „Ja, sagte Theresa, ich hab immer viel zu tun, ich gehe jetzt zur Schule und das ist nicht so einfach wie ich es mir gedacht hatte, ich muss schon viel lernen", sagte sie stolz.

Frau Elfengras fragte jetzt: „Theresa, was kann ich denn für dich tun? Wolltest du mich besuchen kommen oder hast du etwas auf dem Herzen?" Da Frau Elfengras so nett war und so eine Freundlichkeit ausstrahlte, vertraute sich Theresa ihr an und erzählte von ihren Beobachtungen mit den Katzen von Frau Rübe.

Daraufhin lud Frau Elfengras Theresa in ihren Garten ein, sie sollte aber kurz ihren Eltern Bescheid sagen, wo sie ist, damit man sie nicht später suchen musste. Theresa lief schnell nach Hause und sagte ihrer Großmutter Bescheid, die ab Mittag immer dort war um auf sie aufzupassen, denn ihre Eltern gingen arbeiten.

Kurze Zeit später, war Theresa dann im Garten von Frau Elfengras und ihre alte Katze Minze zeigte Theresa einen Weg, wo es ein Loch im Zaun gab, wo man bequem in den Garten von Frau Rübe durchklettern konnte, ohne dass man gesehen wird.

Und das Abenteuer begann.

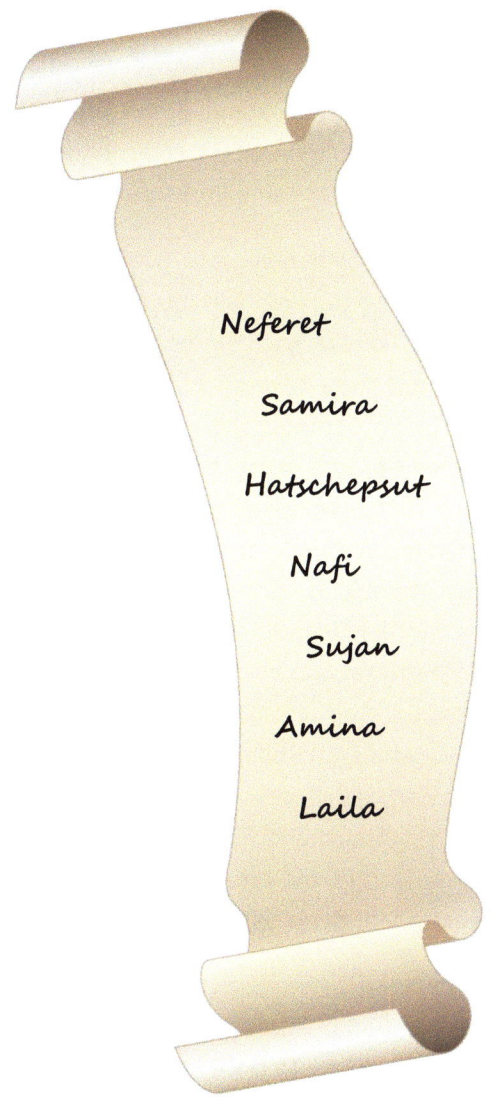

Neferet

Samira

Hatschepsut

Nafi

Sujan

Amina

Laila

Verzauberte Wesen

Theresa kletterte durch den Zaun und stand direkt unter dem Fenster, genau da wo die Katzen immer saßen. Direkt stieg ihr ein wundervoller Rosenduft in die Nase, obwohl hier gar keine Rosen zu sehen waren.

Es dauerte nicht lange, da erschien eine sehr schöne große Katze mit längerem glänzendem Fell am Fenstersims. Mit ihren großen grünen Augen schaute sie durch das Gitter direkt nach unten, da wo Theresa stand. Theresa hatte etwas Angst und sagte keinen Ton. Plötzlich sprach die Katze mit einer so sanften und leisen Stimme. Theresa konnte nicht verstehen was sie sagte, denn so eine Sprache hatte sie noch nie gehört. Theresa sagte: „Ich kann dich nicht verstehen, kann ich Dir irgendwie helfen?" Die schöne Katze bückte sich mit ihrem Oberkörper noch näher an das Gitter und flüsterte jetzt so, dass Theresa es verstehen konnte: „Wir wollen nach Hause, wir gehören nicht hierher. Frau Rübe hat uns von einem Zauberer auf dem Markt gekauft!" „Bitte sag mir wie Du heißt, sagte Theresa zu der Katze, die ihr jetzt den Po zudrehte und durch die Gardine in das Zimmer schaute, ob die Luft rein war und Frau Rübe nicht wieder vom Kräutermarkt zurückkehrte. Nach einiger Zeit, saßen sieben wunderschöne Katzen auf der Fensterbank und schauten hilfesuchend Theresa an. Sie maunzten und tuschelten untereinander aufgeregt. Sie taten es in ihrer Sprache, aber sie konnten auch Theresa verstehen, denn das hatten sie inzwischen bei Frau Rübe gelernt.

Da nannte eine nach der anderen ihren Namen: Von der Fensterbank flüsterten sie zu Theresa hinunter: „Neferet, Samira, Hatschepsut, Nafi, Sujan, Amina, Laila!" Theresa hatte Gott sei Dank einen alten Einkaufszettel dabei, so schrieb sie schnell die Namen auf die Rückseite. Die größte Katze „Neferet" flüsterte leise und traurig: „Wir hatten alle einen Glücksstein, den hat Frau Rübe uns auch abgenommen, das war die einzige Verbindung für uns nach Hause!" Theresa versprach den Katzen zu helfen und bald wieder zukommen. Schnell huschte sie durch das Loch in den Garten der Elfe.

Frau Elfengras hatte schon einen leckeren Kakao gezaubert und saß mit ihrer alten Katze auf der Veranda. Theresa war furchtbar aufgeregt, denn jetzt erkannte sie, dass die Katzen und ihr Traum irgendwie zusammen gehörten. Sie vertraute sich Frau Elfengras nur zögerlich an, denn das alles war mehr als unheimlich. Sie vertraute ihr aber und so versprach Frau Elfengras ihr bei ihren Ermittlungen zu helfen, wo immer sie kann. Theresa war froh, dass sie so viel erfahren konnte. Sie musste aber jetzt schnell nach Hause um alle Ergebnisse zu sortieren. Wie passte das nun alles zusammen? Was sagen die Namen über die Katzen aus? Wo waren die Glückssteine abgeblieben?

Am Abend, nachdem sie ihren Eltern gute Nacht gesagt hatte, schaute Theresa wieder lange hinüber zum Haus von Frau Rübe. Emma war eine Woche in ein Ferienlager mit ihrer Klasse gefahren. Es war keiner im Zimmer, der sie nervte oder dem sie Fragen beantworten musste, weil sie so aufgeregt war. Ihren Eltern hatte sie vom Besuch bei Frau Elfengras und der alten Katze erzählt. Sie fragten nicht weiter nach, da Theresa wohl einen schönen Nachmittag hatte und die Eltern auch Frau Elfengras kannten. So konnte Theresa noch lange am Fenster sitzen und hinüber schauen. Durch die halbgeöffnete Jalousie konnte man Kerzenlicht flackern sehen. Sie sah auch den alten Borkenkäfer, wie er wieder auf der Straße herum schlich um im Dunkeln in die beleuchteten Fenster der Nachbarn zu schauen. Irgendwie war er gruselig, dieser Borkenkäfermann. Theresa schaute jetzt wieder auf das Haus von Frau Rübe. Man sah immer einen großen krummen Schatten durch das flackernde Licht wandern. Bis es gelöscht wurde und der Schatten verschwunden war. Theresa war immer noch von den Ereignissen am Nachmittag aufgewühlt, dachte nur noch an die Katzen, deren Namen sie ja auf einen alten Einkaufszettel geschrieben hatte. Den Zettel hielt sie fest in der Hand. Sie dachte an Frau Elfengras, sie wollte ihr ja dabei helfen und so legte sie sich in ihr kuscheliges Bettchen um schnell einzuschlafen.

Kamelita

Kaum war sie tief eingeschlafen, hörte sie ein Schnauben und Getrampel, welches immer näher kam. Es ertönte eine lautes Horn. Sie sah weißen Nebel der auf sie zukam und plötzlich erkannte sie schemenhaft den Umriss eines großen Kamels. Es war so riesengroß und hatte wunderschöne große Augen mit ganz langen Wimpern. Es kaute vor sich hin, hatte aber so einen lieben und freundlichen Gesichtsausdruck, das Theresa keine Angst hatte. Dazu war das Kamel wunderschön geschmückt. Es hatte überall rosafarbene Blüten vom Kopf bis über die zwei Höcker, bis hin zum Schwanzende. Es hatte überall goldene Ketten mit Anhängern, auf denen die Sonne und der Mond abgebildet waren. Zwischen den beiden wunderschönen großen Augen funkelte ein roter Rubin, der mit einer feinen Goldkette hinter dem Kopf befestigt war.

Zwischen den beiden Höckern lag ein weinrotes, goldbesticktes Samtkissen, an dessen Seite sieben goldene Puschel baumelten. Das ganze Kamel glänzte und funkelte und es schien sichtlich stolz zu sein, so schön geschmückt war es. Neben dem Kamel ging ein kleiner dunkelhäutiger Mann in einem weißen Leinengewand, welches ebenfalls mit goldener Litze verziert war. Er trug einen weißen kleinen Hut, der nur auf seinem Hinterkopf zu sitzen schien, mit einem kleinen roten Bömmel. Er trug in seiner rechten Hand das große gebogene Horn, mit dem er die Ankunft des Kameles laut und schrill ankündigte.

Theresa schaute dem Kamel direkt in die Augen und plötzlich sprach es. Theresa erschrak, denn es hatte so eine Stimme, wie eine alte scheppernde Blechdose. Therese beugte sich sofort weit nach hinten um den heißen Atem des sprechenden Kamels nicht abzubekommen. Die große gespaltene Lippe, wie Kamele sie von Natur aus haben, kam immer näher.

Das Kamel sagte: „Hallo Theresa, ich heiße Kamelita und komme direkt aus dem Palast der Träume. Prinz Kianoush schickt mich, dich hier abzuholen.

Kamelita klimperte dabei drei Mal mit ihren langen Wimpern und lächelte gutmütig. Der kleine Mann neben ihr, wackelte lustig mit dem Kopf und kaute auf einem Grashalm herum. Er zog an den Ketten und Lederbändern, damit Kamelita sich in Bewegung setzte und ihr Hinterteil zu Theresa drehte. Das gefiel Kamelita gar nicht so sehr, denn sie knurrte plötzlich lange aus der Tiefe ihres dicken Kamelbauches. Theresa war etwas ängstlich, denn Kamelita war kein normales Kamel, sie war doppelt so groß und schwer wie normale Kamele, die sie aus dem Tierpark oder Zoo kannte. Noch dazu stand sie mit ihren platten zweizehigen Schwielenfüßen auf einer großen dicken Wolke. Sie versuchte mit dem rechten Vorderbein den kleinen Mann zu schubsen und der sprang schnell zur Seite. Die beiden kannten sich wohl schon länger. Er grinste verlegen und zog einmal an den Lederriemen so dass alle Ketten und Anhänger klimperten. Er zeigte Theresa mit Handbewegungen, sie solle sich zwischen die beiden Höcker auf das Samtkissen setzen und sich am vorderen Höcker gut festhalten. Theresa stieg auf Kamelita auf und fand es total bequem dort zwischen den weichen Fetthöckern zu sitzen. Plötzlich ertönte das Horn sehr laut und schrill und Kamelita begann sich zu bewegen. Es schaukelte so sehr hin und her, dass Theresa sich kaum festhalten konnte. Sie saß aber so fest zwischen den Höckern, dass sie nicht runterrutschen konnte und so fand sie es sogar lustig. Jetzt wusste sie auch, warum man zu den Kamelen auch Wüstenschiffe sagt, denn es fühlte sich an, wie auf einem großen Boot im Sturm.

Es dauerte nicht lange, da verzog sich der Nebel und man konnte in der Ferne den traumhaften Palast erkennen. Schon von weitem funkelte und strahlte er, dass es eine Freude war ihn zu erblicken. Am Palast angekommen, vor der großen Treppe, bremste Kamelita etwas unsanft, der kleine Mann flog an den Lederriemen ruckartig nach vorne, so dass er direkt vor die Füße von Prinz Kianoush fiel. Er rappelte sich aber schnell wieder auf, richtete seine Kappe und gab Kamelita den Befehl sich hinzulegen, so dass Theresa gut absteigen konnte. Prinz Kianoush war sofort an der Seite von Kamelita und streckte Theresa seine helfende Hand entgegen. Sie freute sich den Prinzen zu sehen, der heute eine ganz tolle silberne Kappe trug mit drei weißen gestreiften Federn, die mit drei bunten Steinen am Rand befestigt waren und lustig nach vorne und hinten wippten. Kianoush freute sich Theresa zu sehen und kaum war sie abgestiegen umarmte er sie ganz fest. Theresa wurde rot und war erstaunt darüber, dass der Prinz sie so sehr erwartete. Schnell gingen sie die Stufen zum Palast hoch und dieses Mal zeigte der Prinz ihr sogar sein riesengroßes Zimmer. Der Sultan und seine Gemahlin waren ein paar Tage verreist und Prinz Kianoush hatte genug Wachen und Personal, so dass er gut beschützt zu Hause bleiben konnte. Er erzählte ihr, dass seine Eltern immer wieder in das ferne Ausland reisen würden um ihre Kinder zu suchen. Aber sie kamen immer traurig und ohne eine Spur wieder zurück. Theresa wollte jetzt genau wissen, wie seine Schwestern verschwanden und der Prinz erzählte es so, wie seine Eltern ihm berichteten. Die erste Schwester verschwand an einem Markttag. Es waren viele Händler und Gauckler in der kleinen Stadt. Alle waren an dem guten und teuren Rosenwasser interessiert, das in Qamsar hergestellt wurde. Es war sehr viel los in der Stadt und es waren viele Fremde da.

Nach und nach verschwanden seine Schwestern. Kianoush seufzte laut und sagte dann: „Meine Eltern haben uns immer beigebracht, niemals mit Fremden mitzugehen und auch nicht mit Bekannten, ohne die Eltern zu fragen. Vater hat gesagt, wir sollten laut schreien, wenn uns einer festhält, damit es auch andere Leute mitbekommen. Wir sollten auch immer zuhause sein, wenn es dunkel war. Ich war damals noch zu klein und ging nie ohne meine Eltern. Die älteren Mädchen liebten aber das Rosenwasser so sehr, dass sie gerne und lange auf dem Markt waren um kleine Proben zu erwerben. Sie sollten auch immer zu Zweit gehen, was sie aber nicht immer befolgten. Das hat vielleicht jemand ausgenutzt." Er stand traurig auf und zeigte Theresa weiter den Palast.

Ein seltsamer Zettel

Prinz Kianoush und Theresa setzten sich nun an den schönen Marmortisch und schon kamen die Diener und brachten heißen Tee. Dazu reichten zwei wunderhübsche junge Mädchen ein Gebäck, welches mit dunkler und weißer Schokolade verziert war und köstlich duftete. Im Palast wurde alles frisch zubereitet und so duftete es herrlich, so dass man sofort Appetit bekam. Ein Mädchen war schöner als das andere. Sie trugen wundervolle farbenfrohe Gewänder, so dass man den Blick nicht von ihnen wenden konnte. Jede trug zwanzig, feine, goldene Armreifen an nur einem Arm. Sie hatten nochmal so viele Goldbänder an ihren Fesseln und feine goldene Kettchen zierten ihre schlanken Füße. Sie trugen sogar Ringe an ihren Zehen. Theresa konnte ihren Blick auch nicht abwenden. Der Prinz sah das ja jeden Tag und war es gewöhnt von solchen schönen Geschöpfen umringt zu sein. Hingegen der Sultan selbst einen so dicken Bauch hatte, dass ihm seine schöne lila und orangenfarbene Hose immer unter den Bauch rutschte wenn er sprach.

Der Prinz wollte aber nun von Theresa wissen, wie es bei ihr war, was die Schule machte und ob sie vielleicht etwas berichten könne, was ihm und seinen Eltern bei der Suche der Schwestern helfen könnte. Theresa hatte so viel zu erzählen und schnatterte drauf los. Dabei aßen sie vor Aufregung die ganze Schale Plätzchen leer. Der Prinz hörte sehr gut zu und Theresa berichtete von ihren Erlebnissen und auch vom Besuch bei Frau Elfengras. Besonders gut lauschte er, wenn sie von den sieben Katzen erzählte und dann spürte Theresa in ihrer linken Hand den klein zusammen gefalteten Zettel, den sie immer noch fest umschlossen hielt.

Der Prinz sprach: „Theresa, was hast du da?" Hast du mir etwas mitgebracht?" Theresa faltete den Zettel aufgeregt auseinander und las dem Prinzen die sieben Namen laut vor: „Neferet, Samira, Hatschepsut, Nafi, Sujan, Amina, Laila!" „Kianoush, kennst du diese Namen?"

Der Prinz schnappte nach Luft und kippte mit seinem großen weißen Stuhl fast hinten rüber. Er konnte sich gerade noch an dem großen schweren Tisch festhalten und stotterte: „Das ...das...das sind die Namen meiner Schwestern! Woher hast Du sie? Bitte Theresa gibt mir den Zettel, ich muss es mit eigenen Augen lesen!" Theresa gab ihm schnell den Zettel und der Prinz konnte es immer noch nicht glauben, was er da las. Dort standen die Namen seiner verschwundenen Schwestern. Ihm liefen Tränen über die Wangen und er wollte jetzt von Theresa alles ganz genau wissen und Theresa erzählte aufgeregt von ihrer Begegnung mit den Katzen und das diese sprachen und was sie erzählten.

Der Prinz war überglücklich, war aber auch sehr traurig darüber, dass man sie wahrscheinlich alle verzaubert und dann alle in ein fernes Land verkauft hat. Er schickte sofort einen Boten mit einem versiegelten Brief los, seinen Eltern von den Neuigkeiten zu berichten. Der Bote war ein sehr guter und erfahrener Reiter aus der Staffel der Armee des Sultans. Sein Name war Achmed. Er hatte 10 echt goldene Abzeichen für seine guten Dienste am Palast errungen und durfte nur die wichtigsten Botschaften aus dem Palast zu seinen Empfängern bringen. Er wurde zum Beispiel dann geschickt, wenn große Feste anstanden wo die Sultane oder andere Oberhäupter aus den Nachbarstädten eingeladen wurden. Er war der direkte gesandte des Sultans und er hatte eine besondere Stellung im Palast. So wurde er auch am besten bezahlt von allen Bediensteten und er trug die schönste Uniform von allen Reitern der Staffel. So waren auf der linken Seite der Jacke fünf goldene Orden angeheftet und an der rechten Seite ebenfalls. An den Armen funkelten Diamantsplitter und seine Stiefel waren hoch bis zu den Knien und diese waren mit goldenen Ornamenten versehen. Er trug einen silbernen Helm, auf dessen Stirn das Wappen des Palastes eingraviert war und mit Edelsteinen besetzt. Eine strahlende Erscheinung dieser Reiter. Theresa sah ihn lange an, so etwas hatte sie noch nie gesehen.

Der Prinz stupste Theresa an, es gefiel ihm nicht, dass er nicht ihre Aufmerksamkeit hatte und es war in seinen Augen unhöflich. Theresa musste jetzt lächeln, es schien als wäre der Prinz ein bisschen eifersüchtig auf den stolzen Reiter. So erzählte sie lange weiter und auch Kianoush erzählte von seiner, etwas seltsamen Begegnung. Er wäre vor ein paar Tagen die Stufen zum Palast heruntergekommen, da hätte auf der letzten Stufe Emma gesessen mit einem Buch. Er sprach sie an, weil er sich freue sie wiederzusehen. Emma war aber total unfreundlich zu ihm und hätte ihm gesagt, dass sie wahrscheinlich nicht wieder kommen würde. Er solle sich doch lieber mit ihrer kleinen Schwester treffen, die würde besser zum ihm passen. Außerdem müsste sie sich auf die Schule konzentrieren und hätte keine Zeit mit ihm seine Schwestern zu suchen. Sie hätte keine Zeit „herum zu träumen" und dann lief sie plötzlich weg und verschwand in einer Staubwolke. Der Prinz blickte traurig. Theresa erklärte ihm, dass Emma auch zu ihr immer so komisch wäre, aber dass ihre Mutter sagte, das wäre in dem Alter wohl normal und das sollte man nicht so ernst nehmen. Theresa freute sich ein wenig, dass sie das nun alles alleine erleben durfte und weil es ja auch ihr Prinz war, weil sie ihn zu erst traf! So saßen sie noch lange und warteten gemeinsam auf die Rückkehr des Sultans. Vom heißen Tee und den vielen Plätzchen waren sie müde geworden. Bis der Sultan mit seiner Zweitfrau zurückkehrte, schliefen beide in den großen weichen Sesseln und nach dem aufregenden Nachmittag ein.

Es war 6.30 Uhr als es Theresa an der Nase kitzelte. Die Sonne schien direkt auf ihre Nase und kitzelte sie wach. Der Wecker klingelte sowieso bald und Theresa überlegte was sie im Traum alle erlebt hatte und wo sie wieder war. Ihr fiel sofort „Kamelita" ein, das große Kamel mit dem kleinen Mann und der Ritt zum Palast der Träume. Und dann war sie auch schon wieder mitten im Thema. Sie musste sich aber nun schnell waschen, anziehen und zum Frühstück gehen, denn die Schule wartete wieder auf sie.

Neferet hat einen Verdacht

Gut das Emma noch auf Klassenfahrt war und ihr keinen dummen Fragen stellte. Jetzt wusste sie ja auch vom Prinzen, dass Emma nicht mehr wiederkommen würde. Wie von Theresa vermutet, hatte Emma kein wirkliches Interesse an den gemeinsamen Traumreisen und auch nicht wirklich an dem Prinzen. Sie musste sich eingestehen, dass sie in den Prinzen ein bisschen verliebt war und hatte auch das Gefühl, dass Kianoush sie auch sehr mochte. Emma wollte immer die erste Geige spielen und das war es, was ihr daran missfiel.

Theresa saß in ihrer Klasse neben einem Mädchen, welches Mia hieß. Mia war zwar nett, aber auch sehr ehrgeizig. Sie war sehr tüchtig und meldete sich ständig, was die anderen schon nervte und sie unter Druck gerieten, sich auch zu melden. Aber Theresa hatte keine Lust mitzumachen, sie war in Gedanken bei dem Prinzen und bei den Geschehnissen in der Nacht. Als sie so vor sich hin träumte, merkte sie nicht, dass ihre Lehrerin Frau Walberstedt, sie mehrmals ansprach. Als Theresa sich nicht rührte und immer noch mit aufgestützten Armen ihren Kopf hielt und aus dem Fenster starrte, kam Frau Walberstedt ganz nah zu ihr und fragte ganz laut: „Du bist wohl noch nicht ausgeschlafen, Theresa?!" Theresa erschrak sehr und setzte sich sofort gerade auf ihren Stuhl und war ganz verdattert. Frau Walberstedt lachte jetzt und auch alle anderen Kinder mussten lachen und Theresa grinste ein wenig verlegen. Jetzt strengte sie sich an, wenigstens den Rest der Stunde besser aufzupassen und mit zu machen. Denn sie wollte auch gerne eine gute Schülerin sein und etwas lernen. Denn sie wusste genau, wollte Sie den Prinzen für sich erobern, musste sie in der Schule gut aufpassen, denn der Prinz hatte ihr erzählt, dass er später einmal Sultan wird und dann viel über die Welt wissen muss, um es seinem Volk zu berichten. Das war ihm sehr wichtig und deshalb passte Theresa jetzt besser auf und auch, weil sie Mia bewunderte, wie sie alles mitbekam und mit Leichtigkeit ihrer Hausaufgaben erledigte.

Am Nachmittag, als sie mit dem Mittagessen und endlich mit den Hausaufgaben fertig war, ging sie wieder raus. Sie stand lange an dem Tor von Frau Rübe um zu sehen, wo diese gerade war. Manchmal saß sie auch nur stundenlang am Teich und sah den Fischen und Arthur zu oder angelte mit einem großen Netz Algen aus dem Wasser. Oder sie hielt sich weiter hinten am Wald auf und kämpfte sich durch die wilden Brombeersträucher um an ihre Steinvögel zu gelangen. Frau Rübe hatte ganz hinten versteckt im Garten zwei große Steinfiguren stehen. Es waren Vögel, die so traurig aussahen und diese standen am Tor zum Wald. Der Wald war an dieser Stelle so dunkel, man hätte meinen können, dort wäre schon Nacht. Da standen sie rechts und links vom Tor, als sollten sie etwas bewachen. Theresa konnte das alles gut von ihrem kleinen Fenster aus beobachten und das wusste Frau Rübe nicht. Zumal sie nicht gut nach oben schauen konnte, durch ihren kurzen Hals und dem kleinen Buckel schaute sie immer nach unten oder vor sich her. Jetzt sah sie auch, dass das Tor etwas offen stand und das hieß, Frau Rübe war wieder irgendwo im Wald unterwegs seltene Kräuter suchen, was dann den ganzen Nachmittag bis zum späten Abend dauern konnte. Das wusste Theresa, weil es sich im kleinen Dörfchen schon rumgesprochen hatte und einige Dorfbewohner Kräuter von Frau Rübe auf dem Markt kauften.

So machte sich Theresa schnell auf den Weg, an Frau Rübes Haus vorbei und entlang der riesengroßen Hecke mit den drei Kugeln, zum Garteneingang von Frau Elfengras, der auf beiden Seiten mit Lavendel bepflanzt war. Am Zaun angelangt hörte sie wieder diese maunzende Stimme: „Ach da bist du ja wieder?" „Ja, antwortete Theresa, ist Frau Elfengras zu Hause?" Katze Minze antwortete: „Frau Elfengras kommt gerade, sie macht dir das Tor auf!" Schon erschien Frau Elfengras in einem zarten fliederfarbenen Kleid. Der Stoff war so fein, dass er bei jeder Bewegung zart durch die Luft schwebte und einen angenehmen zarten Lavendelduft versprühte. Sie hatte die Haare zu einer großen Schleife oben auf dem Kopf gebunden und durch die Schleife waren Blüten gezogen. Sie hatte eine schillernde Sonnenbrille auf dem Kopf und trug ganz spitze lilafarbene Schuhe. Theresa schaute sie mit großen Augen an. Frau Elfengras sagte zu Minze: „Habast dubu deibeineben Nabapf aubaufgebefrebessebeneben?" Theresa wunderte sich jetzt noch mehr und schaute Frau Elfengras mit noch größeren Augen an, dass diese kurz erschrak und sagte: „Ach Theresa, Minze und ich machen uns gerne einen Spaß und sprechen in der „B-Sprache", das geht ganz einfach. Sie kicherte lustig vor sich hin. „Können Sie mir das auch beibringen?" fragte Theresa. „Klar, sagte Frau Elfengras, aber Minze kann das noch viel besser als ich!" Sie machte eine Handbewegung, dass Theresa schnell reinkommen sollte, was sie auch tat.

Unter der großen Glaskuppel hinten im Garten, wo sich wunderschöne Rankblumen ihren Weg zur Sonne suchten, setzten wir uns wieder an den aus Weiden geflochtenen Tisch. Die Stühle, die dazu gehörten, knarrten lustig. Minze sprang auf ihre Bank, wo eine kuschelige Decke lag, legte sich sofort darauf, drehte sich aber vorher einige Male um die richtige Liegeposition zu bekommen. Es war eben schon eine alte Katze, die es auch schon ein bisschen im Rücken hatte. Frau Elfengras erklärte, dass man es auch bei Hunden feststellen kann. Ganz früher, als die Hunde noch nicht bei den Menschen im Haus wohnen durften, schliefen sie bei den Schafen oder anderen Tieren draußen. Da dort meist Gras war, mussten sie dieses erst platt treten, damit sie sich gemütlich hinlegen konnten. Das steckt heute immer noch in den meisten Tieren drin, so dass sie es heute immer noch so machen. „Wenn du genau aufpasst, sagte Frau Elfengras, dann kannst du es sehen!"

Frau Elfengras wusste ja genau, warum Theresa zu ihr kam und so unterhielten sie sich über das weitere Vorgehen. Sie wäre nicht „Frau Elfengras" sagte sie, wenn sie keine Lösung finden würde!" Und lachte dabei listig. Theresa war froh, dass sie mithelfen wollte die Katzen zu befreien. Zuerst musste Theresa wieder durch das Loch im Zaun an die

Fensterbank gelangen, um noch einmal mit Neferet, der größten der Katzen zu sprechen. So hielt Frau Elfengras Ausschau, ob Frau Rübe immer noch im Wald unterwegs war und sie nicht plötzlich durch das Tor am Wald kam. Sie hielt das Tor im Auge und Katze Minze ging mit zum Zaun. Frau Elfengras gab ihr ein Zeichen, das die Luft rein wäre, und Theresa klettere flink hindurch. Schnell war sie durch das Gebüsch bis an die Fensterbank geschlichen. Sie klopfte vorsichtig an den Teller der Blume, der auf der Fensterbank stand. Es dauerte nicht lange, da erschien Neferet am Fenster, aber das Fenster war leider verschlossen, so dass Neferet aufgeregt hin und hersprang um eine Öffnung zu finden. Dann verschwand sie wieder und kurze Zeit später hörte Theresa ein Kratzen weiter unten an ihren Füßen. Dort wo sie stand, war der Kellerschacht und dort sah sie einen dunklen Schatten. Es war Neferet, die durch das Kellergitter mit ihr sprach: „Theresa, ich bin so froh, dass Du uns nicht alleine lässt mit unserem Kummer", flüsterte sie leise. Frau Rübe ist in den Wald gegangen, aber sie kann jeden Moment zurückkommen. Du musst uns helfen, meine kleinen Schwestern weinen jede Nacht, sie wollen endlich nach Hause zurück, zu Mutter und Vater und zu ihrem kleinen Bruder Kianoush." Theresa war auch sehr traurig, weil sie noch nicht wusste, wie sie es anstellen sollte. Aber Neferet hatte einen Verdacht. Sie sagte: „Arthur weiß etwas, er ist nicht böse, Arthur ist sehr lieb, er quakt uns oft schöne Lieder, damit wir nicht so traurig sind. Er weiß mehr, du musst zu ihm und mit ihm sprechen. Wenn du Dich beeilst, dann schaffst du es noch, bevor Frau Rübe wieder kommt."

Arthur hilft

Theresa gibt Frau Elfengras und Katze Minze ein Zeichen, dass sie noch zum Teich muss und schleicht geduckt hinter den Büschen und aufgestapelten Zweigen hinüber zum Teich. Neferet sitzt wieder oben am Fenster und beobachtet Theresa und das Tor zum Wald. Theresa schaut in das Wasser hinunter und schwupp, springt Arthur an den Rand des Teiches zu ihr empor. Er trötet laut, aber Theresa hält sich einen Finger vor den Mund und sagt: „Pst Arthur, bitte sei leise und verrate mich nicht, ich bin Theresa und wohne gleich nebenan!" Arthur hört vor Schreck auf zu tröten und glotzt Theresa an. „Lieber Arthur, Neferet schickt mich, die Katzen von Frau Rübe, sie sind verzauberte Prinzessinnen aus einem fernen Land!" Bitte Arthur Du musst ihnen helfen. Kannst du mir etwas über die Edelsteine sagen, die Frau Rübe den Katzen abnahm?" Weißt Du etwas über den Zauber, wie können wir ihn brechen, damit die Prinzessinnen wieder befreit werden und nach Hause können?"

Arthur schaut sich ängstlich um, denn auch er weiß, wie zornig Frau Rübe werden kann und bittet Theresa näher an ihn ran zu kommen. Theresa hat aber Angst in den Teich zu fallen und bittet Arthur besser zu ihr zu kommen. Sie hält sich an einem kleinen Baumstamm am Ufer fest. Arthur hüpft nun näher an Theresa ran und flüstert: „Ich weiß genau wo die Diamanten sind!" Sie sind genau unter mir in einer schweren Kiste!" Theresa dankt Arthur schnell und muss ihm ein Versprechen geben. Arthur sagt: „Ich helfe euch aber nur, wenn ihr mich mitnehmt, ich sitze hier schon so lange alleine im Teich und komm nicht weg von hier. Wenn ihr den Zauber brecht, bin auch ich frei und brauche die Kiste nicht mehr bewachen. „Bitte nehmt mich mit" quakt Arthur flehend. Theresa tröstet Arthur und streichelt ihn kurz über seinen nassen glitschigen und mit Moos bedeckten Rücken. Arthur schließt kurz seine Augen und winkt Theresa zum Abschied.

Flink wie ein Mäuschen rennt Theresa zum Loch im Zaun. Es knistert unheimlich im Gebüsch und es raschelt das Laub, als wären es Schritte die immer näher kommen. Katze Minze springt gerade noch zur Seite und Theresa schlüpft flink durch das Loch zurück in den Garten von Frau Elfengras. Frau Elfengras wartet schon ungeduldig. Sie sagt: „Theresa, das war aufregend ich hatte Angst Frau Rübe kommt jeden Moment, aber es ist ja nochmal gut gegangen. Frau Rübe wird außer sich sein, wenn sie erfährt, dass ein Kind in ihrem Garten war. Ich habe das ganz früher mal erlebt, als ich noch eine junge Elfe war und mit meinen Freundinnen hier im Wald herumflog. Seit dem sind wir nie wieder über den Garten geflogen noch haben wir dort über den Magnolienblüten fangen gespielt. Wir hatten immer großen Respekt vor diesem geheimnisvollen Garten." Frau Elfengras bat Theresa wieder an den Tisch im Glaspavillon und machte noch eine große Tasse Kakao. Sie erzählte weiter: „Eines Tages sahen wir einen kleinen Jungen, der hier in der Nachbarschaft wohnte, wie er über den Zaun in den Garten von Frau Rübe kletterte. Er war ungefähr 12 Jahre alt und er hieß Paul. Er ging an den Teich um dort die Fische zu sehen, denn er fand Fische toll. Er saß dort immer versteckt und wenn er Frau Rübe hörte, dass sie kam, rannte er so schnell er konnte und sprang mit einem Satz über den Zaun hier herüber und versteckte sich in den Himbeerfeldern am Wald. Später kletterte er dann über den Zaun zum Wald und verschwand wieder nach Hause. Weil er so fröhlich war und nicht erwischt wurde, hörte man noch lange sein Pfeifen im Wald!" Frau Elfengras sprach traurig weiter: „Aber irgendwann hat sie ihn doch erwischt. Sie muss auf ihn gelauert haben und hat ihm eine Falle gestellt. Sie tat so, als wäre sie im Wald Kräuter suchen und lies das Tor weit offenstehen. Als er wieder am Teich stand, muss sie ihn gefangen haben. Denn seit diesem Tag wurde der Junge nie wieder gesehen und alle munkeln, dass es Frau Rübe war, die ihn verschwinden ließ." Alle im Dorf haben vergeblich nach ihm gesucht. Sie erzählte weiter, wie verzweifelt und traurig damals seine Eltern waren und das sie bis heute auf ihn warten. „Die Mutter des kleinen Paul stellt bis heute eine Laterne mit leuchtender Kerze vor die Tür, damit ihr Kind den Weg wieder nach Hause findet." Frau Elfengras senkte traurig ihren Kopf und eine Träne kullerte an ihren Wangen herunter.

Sie strich sich eine lange silbrig-blond glitzernde Strähne aus dem Gesicht und klemmte sie hinter ihr spitzes Ohr. Theresa beobachtete sie und war auch ganz ergriffen. Da erzählte Theresa Frau Elfengras, was Arthur ihr berichtet hatte und das auch er sprechen konnte. Da hatte Frau Elfengras plötzlich leuchtende Augen und sagte: „Theresa, Arthur könnte der Junge sein, der damals verschwand und der nie wieder auftauchte! Deshalb möchte er befreit werden aus dem Teich, der Arme! Wie lange musste er im feuchten Tümpel sitzen und Frau Rübe gehorchen?!" Theresa war froh, denn jetzt wusste sie genau, dass sie mit Arthurs Hilfe den Prinzessinnen und auch ihm helfen konnten!"

Katze Minze sprang auch wieder auf ihre Kuscheldecke, drehte sich wieder zweimal links und dreimal rechts und legte sich mit dem Kopf auf ihre Vorderpfoten und machte die Augen zu. Theresa merkte jetzt, dass auch sie müde geworden war und es war schon Abendbrotzeit. Sie dankte Frau Elfengras, strich Minze über den Kopf und verabschiedete sich. Schnell lief sie nach Hause. Sie war erschöpft und ging nach dem Abendessen gleich in ihr Bett um schnell zu schlafen, denn sie hatte dem Prinzen so viel zu erzählen.

Der Palast in Aufruhr

Theresa hat das Gefühl, sie kann kaum atmen. Dicker Rauch überall wo sie hinschaut. Sie hört eine Melodie, zart, anschwellend, ein kleines helles Glöckchen klingelt geheimnisvoll. Die Melodie kommt immer näher. Der Rauch wird weniger und Theresa spürt unter ihren Füßen feinen Sand. Es ist heiß und Theresa sieht außer Sand nichts. Ihr schöner Schlafanzug mit den rosa Blumen ist jetzt plötzlich ein weißer Overall der an den Knien und Armen Hitzeschilder trägt – aber so hell in der Sonne ist, dass sie selbst nicht drauf schauen kann. Und sie hat nackte Füße. Sie schaut sich um, überall Sanddünen, ein leichter sehr warmer Wind weht durch ihr Haar, sie blinzelt, denn es wirbeln feine Sandkörner durch die Luft und ihre Augen brennen.

Sie öffnet vorsichtig ein Auge und erkennt, dass etwas auf sie zu kommt. Es ist groß, glänzend und silbrig. Es schlängelt auf sie zu und jetzt ist es genau vor ihr. Sie öffnet beide Augen und erschreckt. Eine riesengroße Schlange steht vor ihr bzw. schlängelt sich langsam vor ihr im Sand, wie ein silberner Zug liegt ihr Körper gebogen und ragt viele Kilometer weit in die Sanddünen hinein. Jetzt erkennt Theresa wo sie ist. Sie ist mitten in der Wüste, alleine im heißen Sand. Es gibt nichts, keinen Baum, keinen Schatten, kein Haus, rein gar nichts. Ihr ist komisch und sie hat jetzt etwas Angst. Der Schlangenkopf ist so riesig, dass er noch fast zwei Meter über sie reicht. Aus dem Maul der Schlange zischt die lange feine gespaltene Zunge, zwischen den zwei riesengroßen spitzen Zähnen, wie eine Peitsche über Theresas Kopf hinweg. Theresa bewegt sich nicht, steht ganz still und wartet, was jetzt passiert. Die Schlange peitscht weiter mit der Zunge immer nah am Körper von Theresa vorbei. Aber plötzlich zieht sie sich etwas zurück, so dass ihr Kopf vor Theresa im Sand liegt und ihre riesengroßen Augen in die von Theresa schauen können. Ihr heißer übelriechender Atem berührt ihr Gesicht. „Hallo schönes Mädchen, ich habe hier auf dich gewartet" zischt sie jetzt freundlich. Theresa ist das etwas unheimlich und ihr ist leicht übel vom dem Gestank. Die Schlange spricht weiter: „Der Prinz hat mich geschickt, dich abzuholen, ich soll dich zu ihm in den Palast bringen! Wärst du so freundlich hinten aufzusteigen, damit wir hier endlich aus der Sonne kommen?!"

Theresa bewegt sich langsam und hat immer den Kopf der Schlange im Auge. Die Schlange sagt weiter: „Du musst dich nicht fürchten, ich komme direkt aus dem Palast der Träume, ich wohne da und mir geht es sehr gut, denn ich bekomme vom Prinzen immer sehr viel zu fressen! Also keine Angst, ich habe keinen Hunger auf blonde kleine Mädchen in weißen Strampelanzügen!" Die Schlange grinst. Theresa sagt: „Oh, jetzt bin ich aber beruhigt, ich hatte doch Angst du würdest mich fressen! Wo soll ich denn sitzen? Ich kann mich doch nicht festhalten auf deinem Rücken!" Die Schlange sagt Theresa, sie solle weiter nach hinten an ihrem Körper vorbeigehen. Theresa geht vorsichtig durch den Sand an dem schimmernden Körper entlang. Man kann jetzt genau sehen wie lang die Schlange ist. Es sind bestimmt 10 Kilometer. Während sie an dem langen Körper vorbeigeht denkt sie noch: „Zähneputzen, wäre aber auch mal gut gewesen für die Schlange!" Theresa schüttelt mit dem Kopf und sagt: „Sowas gibt's doch gar nicht?!"

Die Schlange zischt: „Geh jetzt weiter bis du zu der Stelle kommst wo oben ein Kasten aufgeschnallt ist. Da ist eine gemütliche Sitzbank aus purpurfarbenen Samt, da nimmst du Platz und bitte schnall dich an, wir haben hier Anschnallpflicht in der Wüste!" Theresa glaubt es nicht und schüttelt wieder den Kopf, findet aber die Stelle und dort ist sogar eine kleine Trittleiter angebracht, die man nach oben ziehen kann, wenn man sich hinsetzt. Theresa klettert hoch, nimmt Platz und zieht schnell noch die Leiter hoch. Sie schnallt sich an, findet unter dem Sitz eine große dunkle Brille mit breitem Gummiband, streift diese noch schnell über, damit nicht noch mehr Sand in die Augen weht. Oben an der Trittleiter sind goldene Griffe, damit man sich beim aufsteigen festhalten kann und dort hängt auch diese kleine lustige Glocke mit dem schönen Ton. Es ruckt plötzlich kurz und die Schlange sagt: „Verehrter Fahrgast, sie fahren jetzt mit Überschallgeschwindigkeit, also bitte schnallen sie sich gut an, wundern sie sich nicht, wenn hinter uns Wolkenscheiben fliegen. Mein Name ist Käpt'n Odin, ich wünsche ihnen eine angenehme Fahrt!" Theresa denkt noch: „ Die Schlange ist lustig" und freut sich bald den Prinzen zu sehen.

Zischend und in einem Wirbel von Staub und Sand geht die Reise los, begleitet von dieser wunderschönen sanften Musik und dem leisen Klingeln der lustigen Glocke. Es fühlt sich an wie eine Fahrt auf der Raupe, wenn sie auf der Kirmes war. Hoch und runter, seitwärts und mit einer riesengroßen Geschwindigkeit. Theresa fühlt, wie sich ihr Magen umdreht, ihr wird wieder etwas übel. Dann sieht sie in der Ferne den Umriss des Palastes und ist froh, dass diese Fahrt endlich zu Ende ist. Die Schlange bremst extrem und schon weit vor dem Ziel, die restlichen Meter rutscht ihr silberner Bauch, lautlos über den heißen Sand bis zu den Stufen des Palastes. Der Staub wird weniger, der Sand legt sich sanft auf die Stufen, der Prinz und seine Eltern stehen erwartungsvoll davor.

Theresa schnallt sich nun ab, es wird von dem schönen Sitz geholfen. Der Prinz reicht ihr die Hand und die Eltern kommen schnell zu ihr. Sie reden aufgeregt durcheinander, die Wachen werden geholt und bringen die vier hinauf in den Palast. Der Sultan will von Theresa wissen, woher sie den Zettel hat und Mutter Zahra weint vor Aufregung.

Oben angekommen holt Theresa erst mal richtig Luft. Kianoush beschwichtigt seine Eltern Theresa etwas Zeit zu lassen ihnen auch zu antworten. Theresa wird hin und hergezogen zwischen dem Sultan und dem Prinzen. Dann schreit sie laut auf und schubst alle von sich. Der kleine dicke Sultan rollt fast die Treppe runter und schreit und Prinz Kianoush greift sich schnell die Hand von Theresa und läuft mit ihr in sein Zimmer. Die wachen rufen durcheinander und laufen hinterher, aber Kianoush und Theresa sind schneller und schließen die große Türe hinter sich zu. Ein

Riegel schnappt davor und beide Kinder lehnen mit ihren Rücken gegen die Tür und rutschen langsam nach unten auf den Boden.

Sie schauen sich an und Theresa und Kianoush müssen jetzt laut lachen. Sie halten sich an den Händen und Theresa findet, es fühlt sich sehr schön an. Prinz Kianoush denkt das Gleiche und hält die Hand ganz fest als wolle er sie niemals mehr los lassen. Theresa schaut auf seine Hand, sie ist so fein, braungebrannt und seine Fingernägel sind schön gepflegt und glänzen hell. Zwischen seinen Fingern ist er weiß und auch die Handflächen sind weiß. Er trägt auf dem Zeigefinger einen ganz schmalen goldenen Ring, der eine Schlange darstellt. Sie denkt, wie schön das aussieht. Kianoush schaut Theresas Hand an und denkt, wie zart ihre Hand ist und so schöne helle Haut. Ihre feinen Fingernägel sehen aus sie feine kleine rosafarbene Muscheln, die er als kleines Kind am Meer fand. Jetzt schauen sich beide an und stehen langsam wieder auf.

Hinter der Tür ist es laut, alle reden durcheinander und plötzlich klopft es drei Mal. Kianoush hört wie seine Mutter ihn ruft: „Kianoush, Kianoush bitte öffne doch die Türe, dein Vater hat sich wieder beruhigt, er möchte gerne mit Theresa in Ruhe sprechen. Bitte mein Kind, öffne mir die Türe!" Kianoush schaut zu Theresa, sie nickt ihm zu und er öffnet seiner Mutter Zahra die Tür. Sie nimmt ihn gleich in den Arm und auch Theresa drückt sie an sich. Sie geht nun mit beiden Kindern zum Thron des Sultans. Langsam und leise gehen sie über den langen lilafarbenen Teppichläufer zum Sultan. Der sitzt da wie eine Statue und versucht wenigstens etwas zu lächeln. Jetzt stehen die Kinder vor ihm und seine Frau direkt hinter den Kindern. Der Sultan spricht: „Versteht mich nicht falsch, ich wollte nichts Böses, ich bin nur furchtbar aufgeregt, wenn es eine neue Spur gibt. Wir haben unsere Kinder jetzt fast ein Jahr lang nicht mehr gesehen, wissen nicht ob es ihnen gut geht oder sie überhaupt noch am Leben sind? Bitte, Theresa, verzeihe mir, dass ich so aufbrausend war!" Theresa gibt dem Sultan ihre Hand und nun gehen alle vier in den großen goldenen Saal an den runden Tisch und

Theresa erzählt den Eltern alles was sie weiß und wie sie den Mädchen helfen möchte.

Sie erzählt auch von Frau Elfengras und Arthur und der Sultan sowie seine Frau haben Tränen in den Augen und Prinz Kianoush hält wieder Theresas Hand.

Theresa verspricht dem Sultan alles Mögliche zu tun damit er seine Töchter bald wieder in die Arme schließen kann. Sie ist davon überzeugt, dass Frau Elfengras mit der Hilfe von Arthur und sie es gemeinsam schaffen werden.

Geheime Zimmer

Auch Prinz Kianoush ist glücklich und darf an diesem Tag Theresa weitere Zimmer im Palast zeigen. Der Palast ist riesengroß. Kianoush sagt, es wären über 800 Zimmer, die auf 8 Etagen verteilt sind. Aber einige davon wären nicht bewohnt. Zuerst zeigt er auf eine Etage, die direkt unter seiner Etage liegt. Er schaut traurig, als er weiter erzählt. „Es gibt hier sieben verschlossene Zimmer, jedes Zimmer gehörte einer meiner Schwestern! Früher hörte man auf dieser Etage das Kichern und Lachen der Mädchen. Wie sie vor den Spiegeln standen und sich gegenseitig bewunderten, oder sie wie sie aufgeregt durcheinander redeten, eine lauter als die andere. Ich vermisse das alles!" sagte der Prinz betrübt. Dann erklärte er ernst weiter. In einigen Zimmern wohnen die Dienstboten, in anderen die Köche, wieder andere Zimmer stünden den Schneidern und Näherinnen zur Verfügung. In einem Seitentrakt sind die Reiter und die Pferde untergebracht. Die Reiter wohnen oben in den großen Zimmern und unter Ihnen hat jedes Pferd seinen eigenen Stall. „Hier in unserem Palast, sagt Kianoush, hat alles seine Ordnung. Jeder weiß was seine Aufgabe ist." Dann sagt der Prinz wieder etwas fröhlicher, nachdem sie eine Weile im Palast unterwegs waren: „Komm Theresa ich zeige Dir meinen Lieblingsort!" Er nimmt Theresa wieder an die Hand und zieht sie die Treppen immer weiter, Etage für Etage, hinunter. Schon sind sie unter dem Palast, der hier unten nicht weniger schön und prunkvoll aussieht. Überall brennen helle Fackeln, Spiegel überall an den Wänden, die das Licht immer weiter in die Gänge strahlen lassen.

Auch hier unten kann Theresa ihre Augen nicht von den wundervollen Leuchtern lassen, die mit Kristallen und Perlen bestückt sind, so dass es nur so glitzert und funkelt. Der Prinz zieht Theresa weiter durch die Gänge an wunderschönen riesengroßen Wandbildern vorbei auf denen Bauchtänzerinnen, Prinzessinnen, Reiter mit stolzen Pferden und vielen prunkvoll angezogenen Menschen abgebildet sind. Prinz Kianoush erklärt im Vorbeigehen, dass dies seine Urahnen wären.

Plötzlich stehen beide vor einem großen Tor, das so riesig ist, dass es bestimmt 5 Meter in die Höhe geht und genauso breit ist. Ein breiter Riegel mit Schloss ist davor und dahinter hört man es leicht schnauben. Prinz Kianoush klopft laut an dem Tor und schon wird von Innen ein großer Riegel zur Seite geschoben. Das Tor öffnet sich, Theresa hat etwas Angst. Der Prinz hält Theresa immer noch an der Hand und lacht sie an. Theresa dreht sich zum geöffneten Tor um und schaut direkt in zwei riesengroße Augen mit langen Wimpern und sie hat das Gefühl, dass sie diese Augen schon einmal gesehen hat. Dazu kommt ein Geruch, den sie auch schon einmal gerochen hat. „Kamelduft" sagt Prinz Kianoush grinsend! Jetzt muss auch sie lachen, denn sie schaut direkt in die Augen von Kamelita. Neben dem riesigen Kamel steht der kleine Mann mit der Kappe, aber diesmal trägt er einen Morgenrock. Er hat wohl heute keinen Dienst, nimmt Theresa an.

Kamelita setzt ihr breitestes Grinsen auf, was ihre gespaltene Lippe zulässt und sagt: „ Oh was für ein toller Besuch! Da bin ich aber froh, dass Du mal zu mir kommst?! Was für eine Freude in meinem bescheidenen kleinen Zimmer. Theresa geht in den Raum hinein und er ist so groß wie eine Bahnhofshalle. Jeder Schritt und jedes Wort hallt und bringt ein kleines Echo. An den Decken sind viele kleinere Kamele gemalt alle mit Gold und Silber verziert und in der Mitte der hochgezogenen Decke steckt ein purpurroter Diamant. Kamelita ist sichtlich stolz und führt Theresa herum. Sie zeigt ihr Bett, viel mehr ihre Schlafstätte die so groß ist wie ein halbes Fußballfeld. Ihr Trog, aus dem sie alle Köstlichkeiten des Orients genießen darf und alles was ihr natürlich schmeckt ist so riesig wie das Schulschwimmbad. Theresa sagt zu Kamelita: „Wie wunderschön du es hast, hier lässt es sich doch gut leben?" Kamelita nickt zustimmend und kniet sich sanft auf ihr Lager, legt ihren großen Kopf auf ein ebenso großes Samtkissen mit goldenen Bömmeln und schließt genüsslich ihre großen

Augen und blinzelt durch die langen Wimpern. Der kleine Mann mit der Kappe und dem Morgenrock sitzt hinter Kamelita mit einer langen Stange, an deren Ende eine breite Harke geschweißt ist, und kämmt Kamelitas Mähne immer wieder zart durch. Theresa winkt noch einmal beiden zu und der Prinz zieht sie jetzt wieder aus dem Tor raus in den nächsten Gang.

Sie stehen vor einem weiteren großen Tor und dieses ist geöffnet. Es ist dunkel in dem Raum dahinter brennt nur eine Fackel. Im Schimmer der Fackel kann man ein silbernes Becken erkennen, das teils mit Wasser und teils mit hellem Wüstensand gefüllt ist. „Hier", sagt der Prinz stolz, hier lebt „Odin", den du heute Morgen bereits kennengelernt hast. Theresa staunt sehr, das hätte sie nicht gedacht, dass alle die sie im Traum bisher getroffen hat ebenfalls im Palast wohnen. „Wo ist Odin jetzt?" will Theresa wissen. Prinz Kianoush erklärt ihr: „Odin muss nach jeder Reise die er macht in die Waschanlage. Diese befindet sich im hinteren Trakt des Palastes, sozusagen an der Außenseite. Nach seinem ausführlichen Bad, kommt Odin wieder hierhin zurück und dann wird ihm sein Essen gebracht!" Theresa kommt aus dem Staunen nicht mehr heraus und sagt grinsend. „Na hoffentlich haben sie auch eine große Zahnbürste für Odin?!" Kianoush muss lachen.

Schon hört sie wie sechs Wachen mit Schubkarren an ihnen vorbeifahren und den Inhalt der Schubkarren in Odins Becken schütten. Sie geht ein paar Schritte zurück um zu sehen, was die Wachen dort abgeladen haben und sie kann es kaum glauben. Sie ruft laut: „Das sind ja Riesenfeigen…! "Und sie hat ganz große Augen. Prinz Kianoush stimmt ihr zu und sagt: „Gleich kommen nochmal so viele Schubkarren mit Feigen und es kommen noch 25 Dienerinnen, die Odin nach dem Essen den Rücken polieren, das hat er so gerne!" Schon kommen ihnen einige sehr hübsche wundervoll angezogene Mädchen entgegen und jede hat einen Krug dabei. In den Krügen glitzert es. Der Prinz erklärt Theresa, dass Odin sein Schlaflager immer mit Glitzerstaub geschmückt bekommt und dieser Glitzerstaub ist in den Krügen. Die Mädchen hopsen und kichern an ihnen vorbei und eine greift ausgelassen in den Krug und lässt den feinen Glitzerstaub über Kianoush und Theresa fallen. Theresa hat den Mund offen stehen und geht weiter, als wäre sie ein Schlafwandler. Prinz Kianoush muss lachen und er zieht sie weiter hinter sich her und Theresa merkt, wie es immer dunkler und dunkler um sie wird bis sie nichts mehr erkennen kann. Das Lachen des Prinzen hallt und hallt in den Gängen und wird immer leiser. Sie spürt auch die Hand von Kianoush nicht mehr und bekommt Angst und will gerade nach ihm rufen, als es ganz langsam wieder heller wird. Sie blinzelt und erkennt plötzlich ihr eigenes Zimmer. Sie liegt mit ihrem geblümten Schlafanzug in ihrem Bett und stellt fest, dass sie wieder zuhause angekommen ist. Der Traum ist wieder zu Ende und es beginnt ein neuer Tag. Theresa steht auf, schaut aus dem Fenster und dann auf die Uhr. Es ist schon zwanzig Minuten nach sieben und sie hört ihre Eltern schon, die nach ihr rufen. Jetzt muss sie sich aber beeilen, denn die Schule geht gleich los. Noch ganz verträumt macht sie sich auf den Weg ins Bad, Ihr Vater kommt ihr entgegen und streichelt ihr über den Kopf und sagt: „Guten Morgen meine Prinzessin, heute wieder im Glitzer geschlafen?" Theresa schüttelt den Kopf, und es fallen kleine Glitzerteilchen herunter, schnell murmelt sie zurück: „Guten Morgen Papi, das ist noch vom Basteln gestern!" Alleine im Bad, kann sie es nicht fassen und schmunzelt glücklich und erstaunt in den Spiegel!"

Frau Elfengras hat einen Plan

Es ist mittlerweile schon nach 16 Uhr. Theresa wollte schon längst bei Frau Elfengras sein, aber sie hat so doofe Hausaufgaben auf, die wollen überhaupt nicht fertig werden. Sie versucht aber alles ordentlich zu erledigen und zeigt ihre Hefte der Oma. Sie findet die Hausaufgaben gut und findet, Theresa hat sich angestrengt, obwohl bald Ferien sind. Sie gibt ihr einige leckerer Butterkekse mit nach draußen, so kann sie sich erst mal vom Stress zu erholen. Theresa sagt der Oma noch schnell wohin sie geht, mit wem sie sich trifft und wann sie wieder nach Hause kommt. Dann hüpft sie die Treppe runter auf die Straße und flitzt sofort an der großen Hecke vorbei und verschwindet durch das Tor bei Frau Elfengras. Katze Minze und Frau Elfengras haben schon auf sie vor dem Haus gewartet und das Gartentor stand bereits offen.

Sie sitzen nun wieder in dem schönen Glaspavillon bei Tee und Kakao und essen die Kekse von Oma. Auch Minze probiert ein Stück, hätte aber dann doch lieber ihre Katzenleckerlis, die Frau Elfengras ihr noch schnell aus dem Haus holt. Minze schnurrt wie ein altes Motorrad vor Glück. Frau Elfengras muss lachen. Sie streichelt Minze noch über den Kopf und sagt dann zu Theresa: „So Theresa ich habe mir Gedanken über unsere armen Katzen gemacht und habe einen Plan. Theresa ist ganz aufgeregt und wartet, dass Frau Elfengras damit herausrückt, was sie nun vorhat.

Wir müssen schnell handeln und deshalb schlage ich vor, dass wir alle sieben Katzen auf einmal befreien. Vorher muss Arthur aber die Kiste im Teich mit Seilen befestigen, damit wir sie hochziehen können. Danach müssen wir die Katzen, eine nach der anderen herausholen. Theresa sagt: „Aber Frau Elfengras, wie bekommen wir die Katzen durch das Metallgitter auf der Fensterbank? Es gibt sonst keinen Weg nach draußen?" Da habe ich auch schon dran gedacht und vorgesorgt. Sie holt aus der großen Tasche vorne an ihrem Kleid eine große schwere Zange, mit der man Metall durchknipsen kann und sagt:" Die hier wird wohl reichen und ich werde das machen, ich bin doch etwas größer als du!" Dann steckte sie die Zange wieder weg und holte aus einem Korb unter dem Tisch ein Seil mit einem Karabinerhaken, den man vorne so aufknipsen kann. „Guck mal, Theresa, sagt sie, damit holen wir die Kiste mit den Diamanten aus dem Teich!" Der Plan ist perfekt, dachte Theresa, nur wann sollten sie das machen? Frau Elfengras hatte sich auch dazu schon Gedanken gemacht und sagte: „Wir müssen direkt beim nächsten Mal zuschlagen, wenn Frau Rübe zum Markt fährt und das macht sie Dienstag und Freitag. Am Freitag bleibt sie sehr lange fort, weil sie da wohl noch eine Kräuterfrau besucht. Da kommt sie immer erst um 20.00 Uhr nach Hause. Das ist bis jetzt immer so gewesen und wir sollten uns nach der Schule beeilen. Heute ist Donnerstag und ich würde sagen, wir starten direkt morgen." Theresa überlegte kurz und sagte dann: „OK, ich habe freitags immer um 12.00 Uhr Schule aus und wir haben jetzt auch noch Herbstferien. Hausaufgaben habe ich wenig auf und muss sie nicht sofort machen, das kann ich in den zwei Wochen noch gut erledigen. Ich könnte um 13.00 Uhr bei ihnen sein, Frau Elfengras" „So machen wir das" hören beide jetzt eine Stimme. Es ist Minze, die die ganze Zeit mitgehört hatte und auch mitmachen wollte. Frau Elfengras sagte zu Minze: „Und Du nimmst die Katzen in Empfang und zeigst ihnen den Weg zum Gartenhaus und erzählst ihnen unseren Plan bis zur Abreise. Du musst ihnen aber sagen, dass sie ganz ganz leise sein müssen, es darf sie keiner hören. Nachdem wir die Katzen befreit haben, übernimmst du sie." „Zum Gartenhaus kann Frau Rübe nur durch meinen Hauseingang, sagte Frau Elfengras und der wird von mir strengstens bewacht." Theresa gefällt der Plan und alle drei schlagen ein, Frau Elfengras gibt Theresa ihre Hand und Minze schlägt mit ihrer Pfote obendrauf und grinst.

Frau Elfengras erzählt ihr nun, wie es danach weitergeht. „Also, Theresa, nachdem die Mädchen ihre Edelsteine bekommen haben, werde ich einen Zauberspruch sprechen, aus dem großen Buch des Elfenzaubers. Das Buch hat meine Großmutter „Margareta" mir geschenkt als sie starb.

Dieses Buch hat großen Zauber und die Sprüche haben eine große Wirkung. Ich hoffe sehr, es klappt."

„Du solltest heute Abend überlegen, sagt Frau Elfengras, wie Du die Mädchen an deinen Eltern vorbeischmuggeln kannst und wo du sie versteckst, bis du schlafen gehst?!" Denn nur durch deinen Traum, wenn du richtig fest schläfst, können die Schwestern wieder zurück nach Hause kommen. Es dürfen nach der Umwandlung keine zwei Tage vergehen, dann wird der Zauber wieder unwirksam und die Mädchen werden wieder zu Katzen werden. Du musst versuchen, ihnen durch deinen Traum den Weg nach Hause zu zeigen. Es muss in der gleichen Nacht geschehen, nur dann sind sie wirklich frei. Theresa überlegt kurz und sagt: „Meine Eltern sind diesen Freitag eingeladen und Oma bleibt bei mir, das dürfte gut klappen, denn sie schläft beim Film immer ein. Ich habe auch einen großen begehbaren Wandschrank in meinem Zimmer, das war Stauraum für Koffer, direkt unter der Schräge in meinem Zimmer. Da passen die Mädchen gut rein, wenn sie leise sind, merken meine Eltern das nicht und in der Nacht wären sie ja auch schon wieder verschwunden, wenn alles klappt" fügt Theresa besorgt hinzu. Frau Elfengras klopft Theresa aufmuntert auf die Schulter: „Das wird schon klappen, Du musst nur fest daran glauben!"

Minze wird den Mädchen alles erzählen, während wir unsere Spuren verwischen, damit Frau Rübe uns nicht entdeckt. Frau Rübe hatte immer große Angst, eine der Katzen würde ihr entwischen, denn dann würde ihr Geschäft mit dem Zauberer auffallen und sie wäre geliefert. Also, mussten sie so sorgfältig wie es nur geht aufpassen.

Theresa schlief an diesem Abend so feste ein, so dass sie nur ganz kurz träumte und zwar so kurz nur, dass sie einer Wache vor dem Palast schnell einen Brief für den Prinzen übergeben konnte, in dem der Plan stand und die Nacht, in der sie die Schwestern wieder zurückbringen wollte. Wie sollte er das denn alles wissen, wenn sie ihn nicht sehen konnte? Sie war froh, als sie nach dem Einschlafen die Stufen des Palastes sah, den Brief in ihrer

Hand fühlte und die Wache ihr entgegenlief. Die Wachposten kannten sie ja alle schon, sie waren sehr nett und freuten sich ebenso sie zu sehen, wenn sie plötzlich irgendwie aus dem Nebel und Sturm auftauchte. Nachdem die Wache den Brief übernommen hatte, war auch Theresa wieder verschwunden und wurde unter ihrer Decke in ihrem schönen kuscheligen Bett wach. Sie überlegte dann immer kurz, was los war und was sie geträumt hatte, aber dann war sie wieder im Thema und schon ging es weiter.

Am frühen Morgen war sie schon aufgeregt, heute war ein großer Tag. Sie war schon fix und fertig am Frühstückstisch und plapperte aufgeregt mit ihrer Mutter über dies und das und auch über die nette Frau Elfengras und Minze. Das sie nach der Schule mit ihnen verabredet ist und das sie der Oma dann Bescheid sagt. Die Mutter meinte: „Denk aber daran, dass du pünktlich nach Hause kommst am Nachmittag, weil Oma sich sonst sorgt und wir sind ja bei Steffi und Basti auf der Geburtstagsparty." Theresa freute sich, bis hierhin war alles geregelt und so verabschiedete sie sich und ging runter zum Schulbus an die Straße.

Fast erwischt

„Endlich Schule aus – endlich Ferien", dachte Theresa und gähnte so doll, dass ihr der Kiefer weh tat. Jetzt war sie total müde, denn heute war es eher langweilig gewesen in der Schule. Es war der letzte Tag vor den Herbstferien, da war nichts aufregendes mehr. Aber das half alles nichts, sie musste sich beeilen und schnell nach Hause den Schultornister wegbringen, weit wegstellen, damit sie ihn für die nächsten zwei Wochen nicht sehen muss - und auch Mittagessen. Heute gab es Fischstäbchen mit Kartoffelpüree, das mochte Theresa sehr gerne und freute sich darauf. So kam sie schnell wieder zu Kräften und war gewappnet für den Nachmittag mit Frau Elfengras und Minze und besonders wichtig, für Ihren großen Plan. Heute war der Tag an dem sie die armen Katzen befreien würde und sie noch in der Nacht ihre Heimreise antreten würden. Theresa war schon ziemlich aufgeregt und knabberte an ihrem Fingernagel. An der Haustüre angekommen, rannte sie schnell wie ein Wiesel die Stufen zur Wohnung hoch. Oma hatte die Tür bereits aufgedrückt und stand in ihrer rotgepunktete Küchenschürze mit Kochlöffel an der Tür und lachte sie an. Theresa musste auch lachen, denn Oma sah in dieser Küchenschürze aus, wie ein großer Marienkäfer. Der Tisch war bereits gedeckt und nachdem Theresa den Tornister in ihrem Zimmer an den Schreibtisch stellte und sich ihre Hände kurz gewaschen hatte, sprang sie wie ein kleines Äffchen an den Tisch. Oma erschreckte sich und sprang mit dem Topf Kartoffelpüree an die Seite. Beide mussten lachen. Theresa aß bestimmt acht Fischstäbchen und einen großen Berg Püree. Sie brauchte auch eine Stärkung und heute Nachmittag durfte sie auf keinen Fall schlapp machen. Oma fragte Theresa, ob sie schon etwas für den Nachmittag vor hätte, denn sie würde sehr gerne mit ihr auf den Abenteuerspielplatz gehen. Das Wetter war gut, es war trocken und eigentlich würde sie auch mit ihrer Enkelin sehr gerne etwas unternehmen. Theresa sagte schnell, dass sie doch heute mit Frau Elfengras und Minze verabredet wäre und dass sie sich schon so darauf gefreut hätte. Oma war jetzt etwas traurig, denn ihr war es auch langweilig in der Wohnung auf Theresa zu warten. „Na gut, sagte die Oma, geh Du nur rüber zur Frau Elfengras und spiele mit der Katze, ich werde dann auf der Terrasse ein Buch lesen. Theresa dachte nur: „Wenn Oma wüsste was wir heute alles vor haben!" Theresa zog sich bequeme alte Sachen an, die sie immer anzog wenn es zu Toben und spielen nach draußen ging, verabschiedete sich von Oma und sagte ihr, dass sie um 17.30 Uhr spätestens wieder zuhause wäre.

Oma gab ihr noch einen Kuss auf die Stirn und schnell hopste Theresa die zwei Etagen runter und schon war sie aus der Haustür verschwunden. Bevor sie aber an der Hecke angekommen war, schaute sie noch schnell auf die Einfahrt von Frau Rübe, ob dort noch der kleine Gemüsewagen stand. Als sie sah, dass die Luft rein war und Frau Rübe nicht zu sehen, rannte sie schnell zum Haus von Frau Elfengras.

Frau Elfengras und Minze standen schon aufgeregt an der Gartentüre und ließen Theresa herein. Frau Elfengras hatte die große Zange schon in der Hand und Katze Minze schleppte das lange Seil mit dem Karabinerhaken hinter ihnen her zum Loch in den Zaun. Frau Elfengras schlüpfe schnell auf die andere Seite und Theresa nahm von Minze das Seil mit dem Haken und schon liefen sie geduckt zum Fenster, wo schon aufgeregt alle sieben Katzen hintereinander, der Größe nach aufgestellt, warteten. Alle hörten auf Neferet und waren bereit.

Frau Elfengras drehte einen großen Blumenkübel um sich darauf zu stellen, damit sie an das Metallgitter unten in der Ecke des Fensters kam. Sie kniff mit ein paar gekonnten Zangengriffen das Metallgitter auf und bog die spitzen Enden nach außen, damit die Katzen, eine nach der anderen, durchschlüpfen konnten. Ganz schnell schlüpften die Katzen durch das Gitter, sprangen mit einem großen Satz direkt an das Loch im Gartenzaun und liefen direkt der Katze Minze entgegen. Minze freute sich so sehr mit den Katzen, dass sie alle durcheinander sprangen und ihre langen Schnurrbarthaare sich berührten. Das war ein Gekicher und dann zeigte

Minze ihnen ihr Versteck bis Theresa sie mit zu sich rüber nehmen würde in ihr Zimmer. In der Zwischenzeit hatte Frau Elfengras das Metallgitter wieder zurückgebogen, so dass man nicht sofort erkennen konnte, dass die Katzen dort raus geklettert sind und Theresa war schon bei Arthur, der bereits den Karabinerhaken an der schweren Kiste befestigt hatte. Der dicke Fisch, der ebenfalls noch im Teich schwamm, schaute nur ab und zu mal rüber, was Arthur da machte, interessierte ihn aber nicht wirklich, denn er hatte wie immer Hunger und wühlte den Rand des Teiches nach kleinen Leckereien ab.

Arthur war jetzt wieder aufgetaucht und Theresa zog zusammen mit Frau Elfengras die Kiste an den Rand des Teiches. Arthur öffnete die Kiste schnell und es strahlte so hell in allen Farben heraus, so dass Theresa und Frau Elfengras kaum etwas sehen konnten. Sie musste sich aber beeilen, es war bereits 17.15 Uhr und Theresa sollte in einer Viertelstunde wieder zuhause sein. Bis dahin musste alles erledigt sein. Frau Elfengras und Theresa nahmen die Steine heraus und steckten sie in die große Tasche am Kleid von Frau Elfengras. Als sie gerade den letzten Stein herausholten, hörten sie ein brummendes Geräusch neben dem Haus von Frau Rübe. Arthur flüstert ängstlich: „Da kommt Frau Rübe zurück!" Theresa und Frau Elfengras stecken schnell den letzten Stein in die Tasche und nun hören sie, wie Frau Rübe durch das kleine hölzerne Törchen neben dem Haus in den Garten kommt. Sie spricht mit sich selbst und man hört sie laut schnaufen. Arthur lässt die Kiste ganz leise in den Teich runter rutschen und flüstert Frau Elfengras noch zu: „Bitte steckt mich mit in die Tasche, lasst mich nicht hier, wenn Frau Rübe mich erwischt, dann macht sie morgen eine Suppe aus Froschschenkeln!" Frau Elfengras stopft den Arthur in ihre Tasche am Kleid und Theresa und sie kriechen fast bis zum Zaun. Das Loch ist nicht mehr weit und gut verdeckt von den dichten Sträuchern.

Es knistert und raschelt im Garten und die Schritte gehen bis zu dem letzten Fenster. Frau Rübe meckert vor sich hin, sie scheint etwas zu riechen. Sie sagt: „Hier riecht es nach Lavendel und ich kenne den Geruch, das habe ich doch schon mal irgendwo gerochen!" Dabei dreht sie sich ganz schnell auf einem Bein, bis ihr Fuß bald in den Boden verschwunden ist und es staubt und die Erde fliegt durch die Luft. Mit dem anderen Bein stampft sie ganz feste auf den Boden, bis ihr das Bein weh tut und sie laut vor Schmerz und Wut aufschreit. Da hätten die beiden im Gebüsch fast lachen müssen, so komisch sah dass aus, wie Frau Rübe da vor Wut herum tanzte und stampfte. Sie rastete völlig aus und sie hatte richtigen Schaum vor dem Mund.

Frau Elfengras sitzt mit Theresa in dem Gebüsch vor dem Loch und kneift ihre Augen drei Mal ganz feste zu. Theresa schaut sie fragend an, sie weiß nicht, was das bedeutet?! Plötzlich ist es still und Theresa sieht Frau Rübe krumm und gebückt vor dem Metallgitter stehen, sie bewegt sich nicht mehr. Sie ist starr und schaut auf einen Fleck unten am Boden. Frau Elfengras sagt zu Theresa: „Jetzt Theresa, schnell durch das Loch!" Theresa springt wie eine Maus durch das Loch in den anderen Garten und Frau Elfengras hinterher. Schnell schieben Sie noch einen großen Stein vor das Loch, dann knipst Frau Elfengras wieder drei Mal ihre Augen zu und plötzlich hört man drüben wieder Schritte im Laub und Frau Rübe wird immer lauter und furchtbar böse. „Sie sagte ständig: „Diesen Duft kenne ich, ich weiß wem der gehört, ich werde es schon noch herausfinden!" Es kommt mir vor, als wäre hier jemand in meinem Garten gewesen." Man hört sie weiter schnuppern und schnaufen, jetzt riecht sie an den Wänden unter dem Fenster, die Schritte entfernen sich und jetzt schreit sie laut nach Arthur.

Der Zauberspruch

Arthur wollte gerade losröten, als er eine zarte weiche Hand vor seinem breiten Maul fühlt. Frau Elfengras hat ihm schnell das Maul zugehalten, denn sie wusste, Arthur würde sofort gehorchen, wenn Frau Rübe ihn ruft. Sein kleines Herz schlägt aufgeregt und er ist glücklich bei Frau Elfengras in Sicherheit zu sein. Da Frau Rübe jetzt wütend brüllend mit einem großen Stock im Teich rumwühlt, schleichen die beiden mit Arthur in der Tasche schnell zum Gartenhaus. Sie öffnen die Tür und auf der gemütlichen Sitzecke sitzen die sieben Katzen, die schon aufgeregt warten, dass endlich jemand kommt.

Frau Elfengras öffnet ihre Tasche am Kleid und das ganze Gartenhaus strahlt in allen Farben. Auch Arthur setzt sie auf dem Tisch ab. Es knallt plötzlich ganz laut, alle erschrecken sich und plötzlich steht ein junger Mann auf dem kleinen Tisch, der fast umfällt, so große Füße hat er. Die Katzen haben sich unter der Sitzgruppe versteckt, Theresa steht der Mund noch offen und Frau Elfengras lächelt gutmütig. Sie sagt: „Arthur ist kein Frosch mehr, erst durch unsere Befreiung, wurde sein Zauber aufgehoben!" Arthur ist überglücklich und bückt sich nun um nach den Katzen zu schauen. Dann steigt er vom Tisch herab und nimmt Frau Elfengras und Theresa fest in seine Arme und bedankt sich.

Frau Elfengras ist das zu feste, sie mag nicht gedrückt werden und windet sich aus den Armen von Arthur, der eigentlich gar nicht Arthur heißt. Sie schaut ihn an und sagt: „Du bist doch Paul?!" Der junge Mann nickt und fragt Frau Elfengras sofort nach seinen Eltern, ob sie noch leben und er will alles genau wissen!" Bevor ihm Frau Elfengras alles erzählt, müssen sie noch schnell die Katzen erlösen und Frau Elfengras holt ihr Zauberbuch. Aus dem Schrank im Gartenhaus holt sie dazu noch einen langen goldenen spitzen Stab, der vorne wie eine Blütenranke geboten ist. Die Katzen sitzen nun wieder alle im Kreis auf der Sitzecke um den Tisch herum. Frau Elfengras schlägt das große Zauberbuch auf. Es ist ganz schwer und dick, bestimmt größer als mein Zeichenblock, denkt Theresa. Es hat dicke schwarze Lederdeckel und die Seiten sind aus fliederfarbenem Blütenpapier. Es duftet wieder überall nach Lavendel und die Katzen schnuppern so niedlich aufgeregt mit ihren kleinen Schnäutzchen und die langen Schnurrbarthaare wippen lustig auf und ab. Jetzt hat Frau Elfengras die passende Seite mit dem Zauberspruch aufgeschlagen, stellt sich gerade vor das Buch, wedelt mit dem Zauberstab über den Köpfen der Katzen und spricht:

Hortensia Wisteria,

Dardelion Valeria,

Nimm den bösen Zauber fort

Ich spreche nun das Zauberwort:

Alyssum Berhane

Violetta Zerphane

„Blütenkelch und Silberfädchen,

erlöse mir die sieben Mädchen

Valerian und Hyazinth

Wir heute hier zusammen sind.

Siebenkraut und Elfenschein

Bring die Mädchen wieder heim.

Katzenminze, Elfengras,

Schleierkraut und Beerenbaum,

Schick die Mädchen durch den Traum.

Jetzt schwingt sie nochmal den Zauberstab über die Katzen und es sprühen winzig kleine glitzernde Sterne vorne heraus und schweben durch den ganzen Raum. Sie hüllen die Katzen vollkommen in einen glitzernden Nebel ein. Katze Minze muss husten und blinzelt nun um etwas zu erkennen.

Jetzt, wo der neben langsam verschwindet, sieht man auf der Sitzgruppe wunderschöne Mädchen sitzen. Sie haben ganz lange dunkle Haare, die wie Seide glänzen. Ihre Augen sind dunkel und groß. Die Augenwimpern sind lang und glänzen so schwarz wie ihre Haare. Die Mädchen halten sich an den Händen und sind ganz still, nur ihre Augen sind weit aufgerissen. Theresa fängt an zu lachen und geht aufgeregt auf die Mädchen zu. Die springen jetzt auf und tanzen vor Freude und mittendrin, Frau Elfengras, Theresa und Paul. Frau Elfengras hält nun ihre große Tasche am Kleid auf und die Mädchen dürfen sich ihre Schmucksteine wieder herausnehmen und umhängen. Jeder Stein war an einer silbernen Kette befestigt. Die Mädchen sind überglücklich und schnattern wie die Gänse durcheinander. Frau Elfengras versucht sie zu beruhigen, sie will so wenig Aufmerksamkeit erregen wie möglich, damit Frau Rübe nicht darauf kommt, dass sie alle im Gartenhaus sitzen. Sie weiß auch nicht, ob ihr Elfenzauber gegen den Kräuterzauber von Frau Rübe ankommt. Sie hat nicht mehr so viel Übung darin. Das könnte gefährlich werden und ein bitterer Kampf könnte entstehen. Lieber wäre es Frau Elfengras, wenn alles so ruhig wie möglich über die Bühne geht und sie sich nicht mit Frau Rübe anlegen muss. Hinterher verzaubert sie die Frau Rübe noch in eine richtige Mohrrübe oder in einen dicken Blumenkohl und das muss ja nicht sein. Frau Rübe wird schon ihre gerechte Strafe bekommen, da ist Frau Elfengras sich sicher.

Nachdem sie sich ausgiebig gefreut hatten, bittet nun Frau Elfengras um Ruhe, denn inzwischen war es schon fast 18.00 Uhr geworden und Theresa wollte doch schon um 17.30 Uhr zuhause sein. Jetzt wollte aber auch Paul unbedingt schnell nach Hause zu seinen Eltern. Alle drückten Paul und da er in der Nähe wohnte, würde er Frau Elfengras und Theresa ja bald wiedersehen. Paul war ganz rot im Gesicht, denn jedes Mädchen gab ihm zum Abschied einen Kuss auf die Stirn. Sowas hatte er noch nie erlebt, dass gleich so viele Mädchen ihn küssten und er war sehr verlegen.

Im Teich wurde er jahrelang von nassen und kalten Froschmädchen umworben die ihn auch gerne küssen wollten, aber er mochte das nicht, denn die waren alle so nass und glitschig und eine grüner als die andere.

Etwas traurig war er aber, weil er so gerne noch bei den hübschen Mädchen geblieben wäre, die waren alle so nett und freundlich, aber die Sehnsucht nach seinen lieben Eltern, die er so lange vermisste, war zu groß. Er lief aus dem Gartentor hinunter zur Straße und direkt zu einem kleinen Haus. Vor dem Haus stand eine kleine weiße Laterne mit einem flackernden Lichtlein. Paul blieb einen Moment stehen und schaute durch das kleine Fenster am Eingang. Dort saß seine Mutter auf dem Sofa und hielt ein großes Taschentuch an ihre Wange. Der Vater saß traurig daneben mit gesenktem Kopf. „Ach, dachte Paul, meine armen Eltern, wie schwer muss das alles für sie gewesen sein?!" Er stellte sich vor die Haustüre und klopfte drei Mal ganz laut. Es dauerte eine Weile, da machte der Vater die Türe auf, hinter ihm stand die kleine Mutter mit dem großen Taschentuch. Der Vater brach vor Freude fast zusammen, denn Paul stürmte direkt in seine Arme und auch die kleine Mutter fiel hinter ihnen fast um. Was war das für eine Freude. Die Mutter weinte jetzt noch mehr als vorher und der Vater sagte mit zitternder Stimme: „Paul, mein lieber Paul…Du bist es wirklich?! Hat der liebe Gott, doch alle unsere Gebete erhört?!" Die Mutter drückte Paul fest an ihr Herz, so als wolle sie ihn niemals mehr loslassen. Lange, lange saßen sie noch zusammen, bis die Kerze in der kleinen Laterne, vor dem Haus verloschen war. Sie schliefen in dieser Nacht glücklich ein, denn sie hatten sich endlich wieder.

Sieben Schwestern im Zimmer

Der Plan von Frau Elfengras war ja noch nicht zu Ende. Theresa musste jetzt mit den Mädchen zusammen nach Hause gehen und irgendwie an der Oma vorbei in ihr Zimmer. Zuerst mussten sie aber noch an dem Haus von Frau Rübe vorbei. Schnell verabschiedeten sich alle Mädchen von Frau Elfengras.

Frau Elfengras brachte alle ganz leise zur Gartentüre und Katze Minze schlich vorweg, um zu sehen, ob alles gut ist und Frau Rübe nicht mehr draußen rumläuft um die Katzen zu suchen. Man konnte Frau Rübe aber noch ganz deutlich in ihrem Haus hören, wie sie alles auf den Kopf stellte und rumpelte und rumpelte und schimpfte und nach den Katzen rief. Sie schob ihre Möbel vor Wut hin und her und ab und zu polterte es auf den Treppen hoch und runter. Als nun Frau Elfengras das Gartentor öffnete, erschrak sie plötzlich und gab Theresa, den Mädchen sowie dem Paul ein Zeichen still zu stehen. Da hörte Theresa die Stimme ihrer Oma. Sie sprach mit Frau Elfengras und machte sich Sorgen, weil Theresa noch nicht heimgekommen war. Theresa hörte wie Frau Elfengras mit der Oma sprach und hörte wie sie sagte: „Theresa hat eine Menge neuer Freundinnen heute kennengelernt, das sind alles meine Nichten." Die Oma sagte: „Aber es ist jetzt schon zu spät für Besuche, die Mädchen können nicht alle mit zu uns rüber kommen!" Da konnte man plötzlich wieder diesen Lavendelduft ganz deutlich riechen und es war überall Glitzerstaub in der Luft. Theresa schaute an Frau Elfengras vorbei und sah, dass Oma in einer Glitzerwolke stand. Der Staub legte ich auf die Bodenplatten vor dem Haus und Oma, machte plötzlich so ein freundliches liebes Gesicht und sagte zu Frau Elfengras: „Ja, wenn sie meinen, liebe Frau Elfengras, dann machen wir das so. Dann nehme ich die Kinder jetzt alle mit zu uns rüber und wir essen Nutellabrote mit Butter!" Theresa und die Mädchen schauten sich grinsend an und stupsten nun die Tür auf. Oma nahm Theresa an die Hand und die sieben Mädchen gingen mit den beiden rüber, hoch in die Wohnung.

Das Haus aber von Frau Rübe war dunkel und sah richtig grau aus. Alle Jalousien waren fest verschlossen, aber es rumpelte und rumorte hinter den Mauern.

„Puh"…sagte Theresa, das war knapp, als sie mit den Mädchen ihr Zimmer erreichte. Oma war in die Küche gegangen um Butterbrote zu machen und kam mit einem riesengroßen Teller voller leckerer Nutellabrote wieder. Dazu gab sie jedem Mädchen einen großen Becher Kakao.

Wie glücklich waren die Mädchen und schauten ab und zu aus dem Fenster zum Haus der Frau Rübe, ob sie draußen rumläuft um nach ihnen zu suchen. Aber Frau Rübe kam nicht mehr raus. Sie wusste wohl, was passiert war und konnte es ja keinem sagen, jetzt wo die Mädchen keine Katzen mehr waren. Wie sollte sie das den Leuten erklären? Jetzt hatte sie Angst eingesperrt zu werden für ihre Schandtaten. Denn auch Paul würde zuhause den Eltern alles erzählen. Also hörte man sie noch tagelang in ihrem Haus rum wüten, bis es endgültig still war. Es war so still geworden, als ob sie an diesem Tag für immer verschwunden wäre. Vor Wut hatte sie sich wohl selber weggezaubert und wurde nie mehr gesehen. Das Haus hatte man nach einiger Zeit abgerissen und es blieb nur noch ein seltsames, tiefes Loch im Boden. Der Borkenkäfer und seine Frau Olga kamen nachts mit Laternen um in das Loch zu leuchten, weil sie so neugierig waren und eines Abends, als es so doll geregnet hatte, dass schon kleine Bäche die Straße runter liefen, rutschten beide „flutsch" in das Loch hinein und wurden ebenfalls nicht mehr gesehen. So erging es auch der Nacktschnecke, die nach ihrem Freund Helmut suchte und zu tief in das Loch schaute, bis sie langsam auf ihrem Schleim in das tiefe dunkle Loch rutsche und von da an auch nie mehr gesehen wurde.

Theresa überlegte, wie lange der Bann, den Frau Elfengras auf ihre Oma gelegt hatte, damit sie die Mädchen auch alle mitnimmt, anhalten würde? Denn Oma war so glücklich und sie sagte zu allem „ja". Sie hatte auch nichts dagegen, als Theresa Oma fragte, ob die Mädchen alle bei ihr übernachten dürften. So beschloss Theresa das noch eine Weile auszunutzen und bat Oma weiter, dass sie mit den Mädchen noch einen Film gucken könnte. Oma sagte wieder „Ja" und nun saßen alle nebeneinander im großen Wohnzimmer auf dem Sofa und schauten sich einen Tierfilm an. Schnell wurden sie aber müde, denn der Tag war so aufregend gewesen. Dann klingelte plötzlich auch noch das Telefon. Es schellte so laut und grell und alle schauten sich ängstlich an. Oma ging ans Telefon und sie lächelte dabei so gütig. Sie sagte: „Theresa ist schon lange im Bett, sie war pünktlich zuhause und jetzt liegt sie in ihrem Bett und schlummert wie ein Baby!" Theresa guckte Oma an und fand, dass Oma da aber ganz schön geflunkert hatte bzw. sie wusste nicht was sie da sagt, da sie ja noch immer etwas verzaubert war! Aber es war ja auch in Ordnung, ihre Eltern konnten beruhigt weiterfeiern und sie gingen bald alle in das Kinderzimmer. Dort lagen die Mädchen auf dicken Wolldecken rund um das Bett und Theresa eingekuschelt und träumten von ihrem Zuhause und ihrer lieben Familie. Noch lange funkelten die schönen Diamanten in allen Farben an den Wänden von Theresas Zimmer.

Zurück nach Hause

Es dauerte nicht lange da schliefen alle im Haus tief und fest. Theresa schlief als letzte ein und so bemerkte sie nicht, wie ein Mädchen nach dem anderen verschwand. Sie hörte es plätschern und es war ihr so, als ob sie von Wellen getragen wurde. Das ganze Bett schaukelte seicht hin und her. Es war sehr schön beruhigend und Theresa atmete tief ein und aus und fand das Schaukeln schön.

Von weit her, irgendwo aus der Ferne ertönte ein Horn begleitet von einer leichten schönen Melodie, die immer näher kam. Theresa schlug die Augen auf und jetzt lag sie in einem wunderschönen weißen Boot auf dem Meer. Sie trug ein grünlich glitzerndes Kleid, welches unten wie ein Fischschwanz zusammenlief. Sie sah an sich herunter und da bemerkte sie, dass auch ihre Haare so lang waren, dass sie ihr an der Taille kitzelten. Lange schillernde Locken kringelten sich hinunter. Alles an ihr glitzerte und sie sah nun auf das Meer hinaus. Das war so wunderschön blau-grün und der weiße Schaum auf den Wellen sah aus, als wären es tausende von winzigen Perlen. Als sie da so saß und ihr „Fischschwanzkleid" betrachtete und nicht genug von den langen glitzernden Haaren bekam, hörte sie wie die wunderschönen Musik immer näher kam bzw. ihr Boot wurde immer näher an den weißen Strand gezogen. Sie beugte sich etwas nach vorne über die Kante des kleinen hübschen Schiffes herüber und da erkannte sie, den dicken Fisch aus dem Teich von Frau Rübe. Der war jetzt noch zehn Mal so groß, fast wie ein Walfisch und hatte die Taue des Schiffes im Maul. Er drehte sich, während er weiter schwamm Theresa zu und lächelte, dabei knipste er ihr mit seinem Glubschauge zu. Theresa lächelte und zwinkerte dem Fisch zurück. Er zog sie noch eine Weile und dann ließ er die Taue los, schwamm zurück in das Meer. Er sprang fröhlich in die Luft und klatschte mit seinem riesigen Schwanz neben das Boot. Das wollte er wohl gar nicht so feste machen, aber er war so glücklich und übermütig frei zu sein, dass

Theresa in einem großen Bogen aus dem Schiff flog und direkt auf dem weißen Sandstrand landete.

Theresa wollte sich hinstellen, aber das ging mit diesem komischen Fischschwanzkleid nicht richtig. Diese schöne Melodie drang wieder an ihr Ohr. Sie schaute sich im Liegen um, wobei sie sich auf ihre Ellenbogen aufstützte. Dort saß, direkt neben ihr, eine Meerjungfrau halb am Strand und halb im Wasser an einer Harfe. Die spielte so wunderschön und sah so toll aus. Ihre bodenlangen silbernen Haare lagen neben ihrem Körper im Sand und bildeten ein spiralförmiges Muster. Sie saß auf einer großen weißen Muschel. Theresa zog sich mit den Armen durch den weißen Sand bis zur Meerjungfrau. Diese wurde immer größer je näher man an sie herankam. Sie war bestimmt drei Meter groß, aber wunderschön. Sie wandte sich Theresa zu und schaute auf sie hinab. Sie hatte so wunderschöne, riesengroße, mandelförmige Augen, so dass sie fast das ganze Gesicht einnahmen. Man konnte einfach nicht mehr wegschauen. Ihr Mund war ebenfalls groß und man konnte keine Nase erkennen. Aber man sah, dass sie lächelte. Jetzt machte sie den Mund auf und Theresa erschrak, denn aus dem Mund kamen furchtbare schrille Töne heraus. Theresa hielt sich die Ohren fest zu, denn das tat schon weh, wenn sie sprach. Normalerweise sprechen Meerjungfrauen nur unter Wasser, sagt man, deswegen versteht man sie an Land auch nicht. Bis auf Theresa hat auch noch niemand eine Meerjungfrau in echt gesehen. Als die Meerjungfrau bemerkte, dass sie Theresa erschrak und auch erkannte, dass sie sich mit ihr durch Sprechen nicht verständigen konnte, nahm sie eine Riesenmuschel aus dem Sand, steckte die Spitze vorne an den Mund und plötzlich wurden die schrillen Töne in Worte umgewandelt und Theresa konnte nun jedes Wort deutlich verstehen.

Die Meerjungfrau erklärte ihr den Weg am Strand entlang, den sie bis zum Palast gehen musste und zeigte ihr auch, wie sie ihr Fischschwanzkleid anheben musste um die tausend Schritte zu machen, die sie dafür benötigte. Dann hängte sie Theresa, zum Abschied, noch eine rote Korallenkette um den Hals und winkte ihr fröhlich nach.

Als Theresa 100 Schritte gegangen war, drehte sie sich um und sah nur noch wie die riesige Meerjungfrau ins Meer sprang und abtauchte, dabei wedelte sie mit ihrer Flosse wild in der Luft und drehte sich wie ein Delphin. Theresa zählte jeden Schritt und der lauwarme Wind vom Meer war sehr schön. Die Sonne schien, aber es war nicht zu heiß und es roch nach Seetang und Algen.

Nachdem Theresa nun über 300 Schritte gegangen war, sah sie in der Ferne ein Mädchen auf sie zulaufen. Es war Laila, die ihr mit einem wunderschönen langen, flatterndem Kleid und einem glitzerndem Schleier, den sie wie eine Fahne in der Hand hielt, entgegenlief. Die beiden liefen sich in die Arme und freuten sich. Dann nahm Laila Theresa an die Hand und ging mit ihr weitere 100 Schritte, bis in der Ferne ein weiteres Mädchen zu sehen war. Laila rief: „Da kommt Amina!" Auch Amina trug ein wunderschönes glitzerndes, langes Kleid und auch ihr Schleier wehte hinter ihr im Wind. Sie nahmen sich ebenfalls an die Hand und gingen weitere 100 Schritte als am Horizont Sujan erschien. Nacheinander und weitere 500 Schritte erschienen ihr auf dem Weg am Strand auch die anderen Mädchen Nafi, Hatschepsut, Samira und Neferet. Sie waren so fröhlich und hielten sich alle fest an den Händen. Neferet sagte zu Theresa: „Nun bis du 1000 Schritte zu uns gelaufen, jetzt gehen wir mit dir in den Palast, wo unsere Eltern und Kianoush auf Dich warten!"

Theresa war furchtbar aufgeregt, denn sie freute sich so sehr auf ihren Prinzen. Wie kleine Wiesel liefen die Mädchen durch den weißen, mit Muscheln übersäten Sand. Riesengroß und strahlend ragten die ersten Wachtürme des Palastes aus der Wüste hervor. Es war so, als würde der Strand direkt in die Wüste übergehen und überall glitzerte der Boden unter ihren zarten Füßen. Es schien Theresa so, als wäre sie auf einem fremden

Planeten gelandet, der alles überstrahlte und dessen Glitzer weit in das Universum hinaus strahlte.

Schon waren sie an den großen Stufen des Palastes angekommen und von ganz oben stolperte und schrie Kianoush ihnen entgegen. Er und seine Eltern hatten die Schwestern eine nach der anderen in der Nacht schon in Empfang genommen. Die Freude im Palast hätte nicht größer sein können, es war so, als wären sieben Kinder auf einmal „wieder geboren" worden. Durch den Brief von Theresa wussten sie ja, dass die Mädchen in der Nacht nacheinander in den Palast zurückkehren sollten. Es hatte alles gut geklappt, sie waren wohlbehalten wieder zuhause und die Eltern mit dem Prinzen waren überglücklich, so dass sie am nächsten Tag ein großes Fest veranstalteten.

Schnell wurde „Achmed, der beste Reiter und der treueste Gesandte des Sultans" mit seinem stolzen Pferd auf die Reise geschickt um die Einladungen an die Gäste zu übergeben.

Die Belohnung

Wundersame Musik erfüllte den Palast und er kam aus dem großen Festsaal. Überall waren Wachen postiert, der Eingang war gesäumt mit Sicherheitspersonal. Reiter standen mit ihren stolzen und Geschmückten Pferden vor den Treppen in Reih und Glied, eng nebeneinander, damit kein Schurke das Fest stören konnte. Man wusste nicht, wo man zuerst hinschauen sollte. Nacheinander kamen die Gäste in ihrer prunkvollen Karossen, die von schönen Pferden und auch teilweise von großen geschmückten Elefanten gezogen wurden, zum Palast. Die Leute die dort ausstiegen waren ebenso prunkvoll angezogen und es glitzerte und funkelte weit in die Nacht hinein.

Auch Theresa hatte ein schönes Kleid bekommen, welches sie nun tragen durfte. Kianoush rieb sich die Augen, wie er sie darin sah. Er reichte ihr seinen Arm und die jungen Mädchen, die im Palast halfen, trugen ihren langen, mit Edelsteinen besetzten Schleier hinter ihnen her, in den Festsaal.

Am Ende des bestimmt 500 Meter langen Teppichs, saß auf seinem großen prunkvollen Thron der Sultan Onuris, neben ihm, auf einem ebenfalls wunderschön funkelnden Thron, seine Erstfrau Zahra, rechts und links von den Eltern durften die Kinder sitzen. Es war sogar ein Platz neben Prinz Kianoush für Theresa. Setzen durften sie sich aber noch nicht, denn der Sultan hatte eine goldene Schriftrolle in seiner Hand. Kianoush flüsterte Theresa ins Ohr: „Jetzt spricht erst der Sultan und dann wird gefeiert!"

Fanfaren ertönten, der Sultan erhob sich gemächlich von seinem Thron. Sein dicker Bauch fluppte wieder aus dem Hosengummi, als wolle er auch etwas sehen. Er wippte lustig hoch und runter bei jedem Wort. Theresa konnte gar nicht hinsehen, weil sie sonst lachen musste. Der Sultan sprach mit erhabener und tiefer Stimme, wie es nur ein großer Herrscher kann: „Liebes Volk, liebe Familie, liebe Theresa...", er machte eine lange Pause und Theresa wurde plötzlich rot als sie ihren Namen hörte.

Sie wäre am liebsten unter ihren langen, am Boden liegenden Schleier gekrochen, wie eine kleine Maus!"

Der Sultan sprach weiter: „Nur Theresa, die aus einem fernen Land zu uns gekommen ist, haben wir zu verdanken, dass unsere geliebten Kinder wieder zurück sind! Nur, weil sie sich so für unsere Mädchen eingesetzt hat, konnten sie gerettet werden! Wir danken ihr von ganzem Herzen und sie soll reichlich belohnt werden!" Er machte eine große Handbewegung in Richtung eines der Tore hinter ihm im Saal. Fanfaren ertönten lange und anhaltend. Theresas Herz klopfte wild vor Aufregung. Die Fanfaren verstummten und ganz leise gingen die Tore nach innen auf. Zehn junge kräftige Männer zogen einen schweren Holzkarren in den Saal und blieben direkt vor Theresa stehen. In dem Karren lag etwas unter einer silbernen funkelnden Decke mit weinroten Bommeln dran. Vier junge Mädchen mit verschleiertem Gesicht hoben die Decke nun an und zogen sie über den Holzkarren, so dass man nun erkennen konnte, was in ihm verborgen lag. Es waren sieben Säcke mit verschiedenen Diamanten. Gefüllt bis oben hin, so dass die Säcke nicht zugehen wollten. Es waren die gleichen Glückssteine wie die sieben Schwestern sie trugen und wie der Sultan weiter sagte, sollten sie für Theresa und die Familie für ein ganzes Leben lang reichen. Theresa konnte das nicht glauben, es war so viel, es würde für das ganze Land reichen. Theresa war erschrocken und fühlte sich fast erdrückt von so viel Reichtum. Sie stotterte aufgeregt: „Das, das kann ich niemals annehmen, das ist viel zu viel, ich wollte doch nur helfen und das hat mir mein Herz gesagt!"

Sie ließ sich schlapp zurückfallen auf ihren kleinen, extra für sie hergerichteten Thron. Kianoush strahlte mit den Diamanten um die Wette und hielt ihre Hand, da er spürte, dass Theresa sehr aufgeregt war. Theresa wusste überhaupt nicht, wie ihr geschieht. Nun hörte man wieder die Fanfaren und auch die anderen Musiker begannen zu spielen. Der ganze Saal setzte sich in Bewegung und alles drehte sich um Theresa und es drehte sich immer schneller. Immer noch fühlte sie die Hand von Kianoush an ihrer und sie hielt sie ganz fest. Das einzige, was Theresa nur wollte, dachte sie unglücklich, war der Prinz und dafür hätte sie jeden Sack Diamanten zurückgelassen. Ihr war nicht gut und sie machte nur für einen Moment die Augen zu.

Da spürte sie einen warmen Kuss auf ihrer Stirn und die Stimme von Kianoush. „Bald werde ich bei Dir sein, du hast dich für Dein Herz entschieden!" Dann wurde es immer leiser um sie herum, der Druck der Hand ließ nach und alles verschwand in einem tiefen Nebel.

Theresa schlug die Augen auf. Sie lag auf dem Rücken in ihrem schönen kuscheligen Bett, war aber nur halb zugedeckt. Die Sonne schien sanft durch die gelben Gardinen. Vögel zwitscherten fröhlich aus den Gärten, als wäre nie etwas passiert. Theresa musste einen Moment überlegen, was alles geschehen war. Sie setzte sich aufrecht hin, fasste noch einmal an ihre Stirn, sie konnte noch immer die Wärme von Kianoush spüren. Um ihr Bett lagen Wolldecken verteilt. Das Zimmer sah total unordentlich aus. Plötzlich klopfte es an ihre Zimmertür und Mama kam herein. „Na meine kleine Maus, auch schon wach?" Du hast ja gestern Abend mit Oma ganz schön getobt, überall liegen Decken und Kissen auf dem Boden, ihr hattet bestimmt großen Spaß?" Theresa schaute sich um und sagte dann: „Ja, Mama, mit Oma ist es immer toll, sie hat die besten Ideen und kennt die schönsten Geschichten. Wir beide haben gestern Abend noch „Fahrt über das Meer gespielt" und uns aus Decken und Kissen ein Boot gemacht. Ich habe wunderbar geträumt!"

Der Vater war schon in der Küche und bereitete das Frühstück für alle vor, denn auch Oma war noch da. Sie war so müde, nach dem ganzen „Zauber" gestern Abend, dass sie auf dem Sofa eingeschlafen war. So frühstückten sie alle gemeinsam und Theresa erzählte von Frau Elfengras und Minze, von Paul, den sie gestern bei Frau Elfengras kennengelernt hatte und das der Frau Rübe alle Katzen weggelaufen wären. Das war ein Thema und alle schnatterten aufgeregt durcheinander. Theresa sagte aber, sie wäre sehr froh, dass die Katzen endlich frei wären, jetzt müsse sie nicht mehr abends auf die Fenster schauen und sich Sorgen machen. Theresa war fröhlich, denn es war Wochenende und Ferien, endlich konnte sie tun und lassen, was sie wollte und sie musste nicht so früh wie sonst ins Bett. Das waren doch tolle Aussichten. Der Vater sagte: „Theresa, heute kommt Emma zurück, wir wollten mit Euch nächste Woche in einen Park fahren, wo es ein großes Schwimmbad mit Rutschen gibt!" Theresa freute sich, aber dass Emma zurückkommt, hatte sie total vergessen. Irgendwie hatte sie durch die ganze Träumerei und die Erlebnisse mit Frau Elfengras und Minze, ihre große Schwester vergessen. „Das wird ja was geben, sagte die Mutter, wenn Emma nach Hause kommt und von ihren Erlebnissen erzählt?!" Die Oma sagte: „Ja, das ist dann wie auf einem Hühnerhof mit den Beiden!" Alle lachten und Theresa hopste in ihr Zimmer. Sie setzte sich an ihren Schreibtisch schaute aus dem Fenster und sie dachte über ihren letzten Traum nach und über Kianoush. Sie war irgendwie etwas traurig und glücklich zugleich und es grummelte in ihrem Bauch. So ein Gefühl hatte sie vorher noch nie. Das war nicht die übliche Aufregung wie sonst. Es war so ein schönes glückliches Gefühl und sie dachte: „Ich glaube, ich bin etwas verliebt!" Sie musste auch ständig an den Prinzen denken, an seine schönen dunklen Augen, an seinen warmen Händedruck, seine lieben Worte und den letzten Kuss auf die Stirn, bevor sie aus ihrem Traum erwachte. Darüber grübelte sie noch eine Zeitlang nach und das wollte sie auch für sich behalten.

Ein neues Schuljahr beginnt

Die Ferien sind zu Ende. Das Wetter ist auch nicht mehr so toll und der Wecker schrillt laut und aufdringlich. „Es ist sieben Uhr", ruft die Mutter aus der Küche. Theresa denkt: „Ja, es geht wieder los und es regnet auch noch draußen!". Das hilft aber alles nichts, denn ein neues Schuljahr erwartet Theresa. Sie ist schon ganz aufgeregt und konnte gar nicht einschlafen. Am Frühstückstisch sagt die Mutter: „Theresa, freust Du dich denn auf die Schule? Das wird bestimmt toll, alle Deine Freundinnen und Freunde wieder zu sehen?" Theresa sagt: „Ja ich freue mich, wenn ich sie alle wiedersehe und ich bin gespannt, was sie alle so erlebt haben in den Ferien. Keiner hatte bestimmt so aufregende Ferien wie ich" und lacht dabei leise vor sich hin. „Das stimmt", sagte die Mutter, und streicht Theresa eine lange rötliche Strähne aus dem Gesicht. Die Schulbrote sind fertig, der Apfel liegt oben drauf und Theresa stopft alles in ihre rote Schultasche.

„Guten Morgen liebe Kinder"….das sagt eine ganz dünne Frau mit furchtbar langen Fingern und einem spitzen Gesicht. Sie trägt einen großen runden Dutt auf dem Kopf, der fast so groß ist wie ihr Kopf, aber sie lächelt gutmütig und hat eine sehr freundliche Stimme. „Ich bin für dieses Jahr eure neue Klassenlehrerin." Theresa stupst ihre Klassenkameradin an und flüstert: „Sie heißt bestimmt Frau Knödeldudel" und grinst fröhlich. Mia fängt laut an zu lachen und schnaubt laut, versucht sich aber den Mund zuzuhalten. Jetzt kommt die neue Lehrerin ganz nah zu ihnen hin, bückt sich tief runter und sagt jetzt ganz laut mit ihrer freundlichen aber bestimmten Stimme: „Mein Name ist Frau Wackerzapp und das könnt ihr euch direkt mal aufschreiben und zwar 50 mal!"

Mia und Theresa sind jetzt gar nicht mehr so fröhlich und sind ganz still und hören zu was die neue Lehrerin zu sagen hat. Frau Wackerzapp erzählt, welches Thema sie im Unterricht mit den Kindern beginnen möchte und schreibt gleich die neuen Bücher an die Tafel, die besorgt werden müssen.

Vorher aber, so sagt sie, wolle sie ihnen noch einen neuen Schüler vorstellen. Jetzt geht sie zur Klassentür und macht sie auf und herein kommt ein Junge mit ganz dunklen Haaren und einem kleinen roten Koffer. Er ist total schüchtern, denkt Mia und stupst Theresa an, die immer noch traurig den Kopf nach unten hält. Theresa schaut jetzt nach vorne und der schüchterne Junge blickt auf und direkt in das Gesicht von Theresa. Beide schauen sich an und alle gucken auf die beiden. Die Jungen lachen über den roten kleinen Koffer und tuscheln darüber. Die Mädchen schauen ohne etwas zu sagen nur auf den Jungen. Dann sagt Frau Wackerzapp: „Das hier ist unser neuer Mitschüler „Djamal" und das heißt so viel wie „Der Schöne" und er kommt aus Syrien!" Die Jungs lachen wieder albern und die Mädchen tuscheln leise. Theresa kann weder tuscheln noch lachen, sie kann nur noch in Djamals Gesicht schauen. Djamal lächelt Theresa jetzt an und sie lächelt zurück. Er sieht dem Prinzen Kianoush täuschend ähnlich. Mia, die das Ganze beobachtet, sagt plötzlich zu Theresa: „Hallo...was ist denn mit dir passiert?" Theresas Herz klopft wild aber sie fängt sich wieder und flüstert Mia zu: "Ich glaube, ich kenne den Jungen, wir sind uns schon einmal begegnet!" Mia guckt komisch und tippt sich mit dem Finger an den Kopf und sagt: „Woher willst Du ihn denn kennen, warst du schon mal in Syrien?"

Jetzt spricht auch Frau Wackerzapp weiter, nachdem sie Djamal an seinen Platz gebracht hat, er ist direkt auf der gegenüberliegenden Seite von Theresa, so dass sich beide gut sehen können.

„Nun, liebe Kinder, spricht sie weiter, Djamal ist mit seiner Mutter und sieben Schwestern hier bei uns in Deutschland und alle Kinder gehen hier auf diese Schule. Theresa glaubt es kaum, hat sie da gerade richtig gehört „Sieben Schwestern"....sie kann es kaum fassen.

Jetzt schaut sie sich Djamal von der Seite genau an. Er sitzt nun an seinem Platz und hat seinen roten Koffer neben sich auf die Erde gestellt. Seine Hände liegen brav und ausgestreckt auf dem Tisch. Sie schaut auf seine braunen Hände und entdeckt einen Ring. Es stockt ihr der Atem, denn er trägt den goldenen Schlangenring, den auch Prinz Kianoush in ihrem Traum trug. Ihr wird wieder komisch, aber sie muss sich zusammenreißen. Frau Wackerzapp bemerkt es schon und tippt mit ihrem langen Finger auf den Pult. Djamal schaut zaghaft zu Theresa rüber und direkt wieder weg, weil Frau Wackerzapp diesmal laut mit dem knochigen Finger auf die Tafel klopft.

Sie sagt: „Jetzt wo ihr Euch alle beruhigt habt, könnt ihr euch in der Pause anfreunden und beschnuppern und jetzt schreibt ihr die Bücher von der Tafel ab, damit wir bald mit dem neuen Unterricht beginnen können." „Ich wollte euch noch bitten, dass ihr alle freundlich zu Djamal seid und ihn auch in eurer Mitte aufnehmt, behandelt ihn wie einen Freund!" Das muss sie Theresa nicht zwei Mal sagen. Sie ist furchtbar aufgeregt und freut sich auf die Pause um mit Djamal zu reden. Sie will so viel von ihm wissen, doch der Unterricht geht erst mal weiter.

Dann endlich, es bimmelt laut, alle lassen ihre Stifte fallen und nehmen ihre Hefte und stecken sie unter ihre Bänke. Schnappen die Schulbrote und die Jungs rennen so schnell wie es geht raus auf den Schulhof. Die Mädchen schnattern wild durcheinander und gehen auch hinaus. Mia und Theresa natürlich auch, nur Djamal bleibt auf seinem Stuhl sitzen. Als sie gerade an der Klassentür sind, dreht sich Theresa nochmal um und sieht Djamal immer noch dort sitzen. Sie sagt Mia, sie solle schon mal vorgehen und sie geht zurück in das Klassenzimmer und auf Djamal zu. Sie sagt: „Hallo Djamal, komm mit uns raus, wir wollen dich alle kennenlernen!" Da sagt Djamal: „Ich habe irgendwie das Gefühl, wir kennen uns schon, ich weiß aber nicht woher?! Theresa lächelt verlegen, dann nimmt sie einfach seine Hand und zieht ihn hinter sich her aus der Klasse heraus. Dann bleiben sie plötzlich stehen und es ist so vertraut, es fühlt sich genau wie im Traum an. Beide müssen lachen und sind seit diesem Tag unzertrennlich.

Djamal hat Theresa gleich am nächsten Tag zu sich nach Hause eingeladen und dort stellt er ihr alle Schwestern vor. Es ist so, als würde Theresa alle Mädchen kennen und auch die Mutter ist so nett und freundlich.

Eine wunderschöne aufregende Zeit mit „Djamal" beginnt.

Nachwort:

Die geschilderten Handlungen und Personen sind teilweise frei erfunden. Ähnlichkeiten mit lebenden oder verstorbenen Personen wären zufällig und sind nicht beabsichtigt.

Bibliografische Information der Deutschen Nationalbibliothek: Die Deutsche Nationalbibliothek verzeichnet diese Publikation in der Deutschen Nationalbibliografie; detaillierte bibliografische Daten sind im Internet über dnb.dnb.de abrufbar.

© 2022 Elke Repp
„Herstellung und Verlag:
BoD – Books on Demand, Norderstedt".

ISBN: 9783755782278